Catherine Adamus

Die Juwelen der Köchin

«Wien, Wien, nur du allein,

sollst stets die Stadt meiner Träume sein.

Dort wo ich glücklich und selig bin,

ist Wien, ist Wien, mein Wien.»

R. Sieczynski

Catherine Adamus

Die Juwelen der Köchin

Roman

Bibliografische Information der Deutschen Nationalbibliothek: Die
Deutsche Nationalbibliothek verzeichnet diese Publikation in der
Deutschen Nationalbibliografie; detaillierte bibliografische Daten
sind im Internet über dnb.dnb.de abrufbar.

© 2021 Catherine Adamus

Herstellung und Verlag: BoD – Books on Demand, Norderstedt

ISBN: 978-3-7543-2891-0

Katharina

Katharina stand in der Küche des herrschaftlichen Schlosses von Montenegro und putzte Gemüse. Herrschaftlich war nur das Gebäude mit der wunderschönen Aussicht auf den Park. Sie liebte das Schauspiel, wenn die Blätter der vielen Bäume leise im Wind tanzten. In der Küche mussten sie auf engstem Raum arbeiten. Es gab nicht genug Pfannen, keine scharfen Messer, kaum Arbeitsflächen. Und es war eiskalt. Nikola der Erste von Montenegro fand es eine Verschwendung, in der Küche den Ofen in Betrieb zu nehmen. Wenn sie fleissig arbeiten würden, hätten sie auch nicht kalt.

Sie nannte ihn nicht Nikola. Sie nannte ihn Nikita. Dann, wenn sie nicht in der kalten Küche stand, dann, wenn sie nicht zusammen mit ihrem musizierenden Mann und den beiden Kindern in der ebenfalls kalten und kargen Kammer schlief.

Sie nannte ihn Nikita, wenn er sie zu sich rief. In sein prunkvolles warmes Schlafgemach, in sein Bett mit den weichen Bettlaken.

***

Der Zug fährt ein. Wien Westbahnhof. Elena steigt aus. Ihr Koffer ist nicht schwer. Sie hat nur das Nötigste eingepackt. Denn Elena hat sich eine Wohnung gemietet. Zum ersten Mal eine Wohnung anstatt eines Hotelzimmers. Und dort hat es eine Waschmaschine, welch ein Luxus. Elena nimmt einen grossen Atemzug. Schliesst die Augen. Nur am Westbahnhof in Wien riecht es so. Sie möchte die ganze Welt umarmen. Sie ist wieder da. In ihrer Stadt. Nirgendwo kann sie so frei atmen. Nirgendwo fühlt sie sich so daheim.

Beschwingt läuft Elena zu den Billettautomaten. Nein, sie steht nicht bei den Kassen an. Sie ist ein Insider. Sie weiss, am besten ist es, sich eine Wochenkarte zu kaufen. Halt wie die Wiener. Die überteuerten Touristenangebote mit Tickets für Sehenswürdigkeiten inklusive interessieren sie nicht.

Zuhause hat sie bereits rausgesucht, welche U-Bahn-Verbindung sie zu ihrer Wohnung bringen wird. Bei der Taubstummengasse steigt sie aus. Eine ihr noch unbekannte Gegend empfängt sie. Links ein Einkaufsladen. Das ist wunderbar. Denn sie weiss, in ihrer Wohnung gibt es auch eine Küche. Rechts ein Restaurant mit einem grossen Biergarten, hübsch ist es hier.

Sie schickt ihrer Vermieterin eine SMS. „Ich bin gleich da", meint diese. Nach fünf Minuten hat Elena ihr Ziel erreicht. Sie steht vor einem dieser Häuser, welche es ihr so sehr angetan haben. Jugendstil. Stuckaturen im obersten Stockwerk.

Ein zweitüriges Portal. Elena überlegt sich, wozu dies wohl gedient hat?

„Da fuhren die Kutschen hinein", erklärt ihr die fesche Wienerin, welche sich als ihre Vermieterin vorstellt. Elena betritt einen riesigen Eingangsbereich. Und wirklich. Da hätten locker zwei Kutschen Platz gehabt. Zwei Stiegen, eine links, eine rechts. Steile Treppen führen im wunderschönen Treppenhaus nach ganz oben. Dort befindet sich die Wohnung, welche für drei Wochen Elenas Reich sein wird. Hohe Räume, an den Decken ebenfalls reizende Stuckaturen. Eine grosse Wohnküche, ein Bad, ein Wohnraum und ein Schlafzimmer. Alles in Weiss. Dazwischen grosse, moderne Gemälde, Farbtupfer. Kein Fernseher. Erstaunlich. Elena macht dies nichts aus. Sie will sich sowieso bald eindecken mit Literatur.

Die Vermieterin überreicht Elena den Wohnungsschlüssel und verabschiedet sich. Bald darauf verlässt auch Elena wieder ihr neues Daheim auf Zeit. Von der langen Zugreise durch die Nacht ist sie müde. Gleichzeitig viel zu aufgekratzt, um sich hinzulegen. Sie erkundet die nähere Umgebung. Voller Freude fallen ihr die ersten Kaffeehäuser auf. Kurzentschlossen setzt sie sich in eines und bestellt sich eine Melange. Elena weiss, hier kann sie sitzen bleiben. Niemand wird sie stören. Niemand wird fragen, ob sie noch etwas bestellen möchte. Die Wiener sind gemütliche Menschen. Und Elena plant ihren ersten Tag.

***

Zu Beginn hatte sich Katharina geekelt. Geekelt vor diesem alten Mann. Er hätte ihr Grossvater sein können. Dann gewöhnte sie sich an diese Stunden bei ihm. Sie liess sich widerstandslos ausziehen, streicheln. Ab und zu

schlief er mit ihr. Dann nannte er sie zärtlich seine
kleine Katinka.

Nach jedem Beischlaf erhielt sie ein Geschenk
von ihm. Mal waren es weisse Brötchen, einige
Früchte. Die trug sie später in ihre Kammer. Für
ihre beiden Kinder hiess das immer, Weihnachten
und Geburtstag in Einem. Manchmal aber war es
auch Schmuck. Nicht teuer, vermutete Katharina.
Aber immerhin.

***

Elena ist schon oft in Wien gewesen. Ihre
Grossmutter war mit einem Wiener verheiratet.
Und auch wenn diese Ehe nicht gehalten hatte,
hat sie Elena schon früh viel über ihre geliebte
Stadt erzählt. Elena ist mit ihren Eltern nach Wien
gefahren. Elena ist mit ihren eigenen Kindern
nach Wien gefahren. Elena ist nach Wien

gefahren und hat den Bruder ihrer Freundin besucht.

Und nun ist sie ganz alleine in Wien. Zum ersten Mal alleine in ihrer Stadt. Sie hat sich viel vorgenommen. Sie möchte auf den Spuren ihrer Grosseltern wandeln. Alle Wohnungen möchte sie sehen, in welchen ihre Vorfahren gewohnt haben. All die unzähligen, schönen Gebäude möchte sie mit den Augen ihrer Grosseltern betrachten.

Sie nimmt die Strassenbahn und fährt Richtung Innenstadt. Bald kann sie sich orientieren. Das grüne Dach der Karlskirche zeigt ihr, wo sie sich befindet. Und schon ist sie bei der Oper. Sie steigt aus. Sie schlendert an der Oper vorbei und lässt sich von dem Touristenfluss durch die Kärntnerstrasse treiben.

Bald schon sieht sie einen Zipfel vom Steffl, dem weltberühmten Stephansdom. Heute will sie ihn nur von aussen sehen. Eigentlich ist sie sich gar nicht sicher, ob sie in diesen drei Wochen überhaupt hinein will. Das Meiste im Innern ist abgesperrt und nur für Touristenführungen frei gegeben. Äusserst ärgerlich und unverständlich, findet Elena.

Sie spaziert den Graben hinunter. Gleich rechts von der Pestsäule entdeckt sie eine Buchhandlung. Dort holt sie sich einen Stadtplan und einen Wienführer von einem Wiener Autor für Wiener. Sie will sich wie eine Einheimische fühlen.

Weiter geht's zur Hofburg. Links davor die Michaelskirche. Sie weiss, dass dort die Beerdigungsfeier für Mozart stattgefunden hat. Die Gruft befindet sich direkt unter der Kirche. In diesen Gewölben sind seit 1350 gut 4000 Menschen bestattet worden. Die Besuchenden laufen heute über unzählige Knochen und menschliche Überreste. Makaber. Es gibt sogar eine Öffnung - sieht quasi aus wie eine Rutsche - auf welcher die Toten direkt in die Gruft geschoben worden sind, damit man sie ja nicht gross anfassen musste. Sogar mumifizierte Leichen sollen dort unten liegen.

Elena verspürt Hunger. Sie durchquert die Hofburg und biegt rechts in den Volksgarten ein. Sie liebt diesen Park. Vor allem die Rosen, allesamt gestiftet von berühmten und weniger berühmten Menschen aus der Wiener Bevölkerung, haben es ihr angetan. Und natürlich auch die Sisi-Statue, Angebetete ihrer Jugendträume. Mit einem wohligen Seufzer setzt Elena sich in ein Beisl und bestellt einen Kaiserschmarrn. Vielleicht ist das nun doch etwas touristisch. Aber wenn es dem Kaiser geschmeckt hat, warum soll sie sich diese göttlich luftige Speise nicht gönnen?

***

Katharina stand in der Küche und rupfte ein Huhn. Diese Arbeit mochte sie gar nicht. Überall Federn. Alles klebte an ihren Händen. Und dann war da noch diese Übelkeit. Sie durfte sich nichts anmerken lassen, musste weiterarbeiten. Sie war schon in Verzug und der Ober-Koch beäugte sie immer wieder von der Seite. Katharina würgte. Sie eilte auf die Toilette, um sich zu übergeben. Bleich kehrte sie zurück in die Küche. Weiterarbeiten als wäre nichts.

Nikola der Erste von Montenegro liess sie zu sich rufen. Schnell ordnete sie ihre Haare, wusch sich noch einmal über den Mund, nahm ihre Schürze ab, verliess die Küche und eilte in die privaten Zimmer des Monarchen.

Als Nikola sie an sich zog, verspürte sie einen erneuten Brechreiz. Sie stolperte ins goldverzierte

Badezimmer. Nikola folgte ihr und schaute sie mit hochgezogenen Brauen an. Katharina näherte sich ihm. Er aber stiess sie von sich weg und befahl ihr zu gehen und nie wieder zu ihm zu kommen. Sie verliess sein Zimmer mit hocherhobenem Kopf. Nikola war sich nicht sicher. War es nur Einbildung oder hatte sie tatsächlich leise „Du garstiger Mann" gezischt?

***

Elena fährt zurück. Sie liebt es, mit der Strassenbahn zu fahren. Denn so sieht sie all die vielen grossen und kleinen Dinge, welche Wien für sie so einzigartig macht. Bei jedem Besuch lässt sich Neues entdecken.

Nachdem sie Eier, Käse, Brot und einen Weisswein aus der Gegend gekauft hat, geht es zurück in ihre Wohnung. Einfach schön ist es da. Sie stellt den Wein ins Kühlfach, öffnet die

Fenster, lässt die Geräusche der Stadt hinein und packt ihren Koffer aus. Sie meldet sich bei ihren Kindern. Überschwänglich erzählt sie von ihrem ersten Tag. Auch ihr Freund erhält eine detaillierte Beschreibung.

Dann schenkt sie sich ein Glas Wein ein, kramt die Adressen ihrer Grosseltern, welche sie von ihrem Vater erhalten hat, hervor und setzt sich an den Tisch, direkt unter das geöffnete Fenster.

Es dauert seine Zeit bis Elena die Route zur ersten Wohnung, welche ihre Grosseltern zusammen bezogen hatten, rausgesucht hat. Sie wird die U-Bahn benützen müssen bis zur Johnstrasse. Diese Station kennt sie. Dort wohnt der Bruder ihrer Freundin, bei welchem sie schon gewohnt hat. Von dort aus wird sie in einen Bus umsteigen. Die Strecke, welche sie noch zu Fuss zurücklegen muss, berechnet sie mit knapp dreissig Minuten.

Elena schenkt sich ein weiteres Glas Weisswein ein, holt sich den Käse und etwas Brot, schliesst die Augen und beginnt genüsslich zu essen. Dann legt sie sich ins grosse Bett. Sie spürt kaum, wie ihr Kopf das Kissen berührt. Schon ist sie eingeschlafen.

***

Katharina sass in der Küche des Schlosses von Nikola dem Ersten von Montenegro und schälte Kartoffeln. Sie durfte nicht mehr am Kochherd stehen. Der Arzt hatte es ihr verboten. Ihre Beine waren geschwollen, ihr Kreuz schmerzte. Auch ihr Kreislauf war im Keller. Oft wurde ihr schwarz vor Augen. Sie konnte nur noch sitzend ihre Arbeit verrichten. Bald würde sie gar nicht mehr in der Küche arbeiten können. Der

Zeitpunkt der Geburt ihres dritten Kindes rückte immer näher.

Draussen auf den Strassen herrschte eine erdrückende Stimmung. Menschen murrten. Immer wieder fiel das Wort Krieg. Katharina hatte Angst. Was würde nur aus ihrer Familie werden? Wie sollten sie bald drei hungrige Mäuler stopfen? Ihr Mann hatte fast keine Aufträge mehr in dieser unruhigen Zeit.

Katharina gebar ihr Kind zu Hause. Eine Hebamme und ihr Mann standen ihr zur Seite. Die Wehen kamen in kurzen Abständen mit unbarmherziger Wucht. Ihr Kind hatte es eilig, auf die Welt zu kommen. Vollkommen erschöpft lag Katharina da, schaute glücklich auf ihr Kind und nannte es Nikolaus.

***

Elena erwacht früh. Erst weiss sie nicht recht, wo sie ist. Allmählich wird es ihr klar und ihr Herz hämmert wie wild vor Freude. Geduscht hat sie schnell, wechselt doch das traurige Rinnsal aus dem Duschkopf im Sekundentakt von kalt auf kochend heiss. Elena nimmt sich vor, in Zukunft zu baden.

Das Frühstück nimmt sie im selben Kaffeehaus wie am Tag zuvor. Es ist für sie das höchste der Gefühle, so den Tag beginnen zu dürfen. Gibt es doch für sie kaum etwas Schöneres, als in Wien in einem Kaffeehaus zu sitzen, zu frühstücken und sich ganz dieser einzigartigen Aura hinzugeben. Sie entscheidet sich für das gesunde Frühstück mit Orangensaft, einer Semmel und dem Joghurt mit den frischen Früchten. Dazu wieder eine Melange.

Dann steigt sie in die U-Bahn und los geht das Abenteuer auf den Spuren ihrer Grossmutter und ihres Grossvaters. Nach einer Stunde steht sie vor dem schmucken Doppeleinfamilienhaus in einer schönen Allee. Sie zögert. Soll sie auf die Klingel drücken? Und dann? Was soll sie sagen, sollte jemand öffnen? Sie entscheidet sich, wieder zu gehen. Ein letzter Blick, wehmütig. Wie gerne wäre sie als Kind hier ein- und ausgegangen.

Der Bus bringt sie zurück zur Johnstrasse. Elena macht einen Besuch im Meiselmarkt, mitten in der U-Bahn-Station. Sie mag die Atmosphäre dort unten. Leicht schummrige, enge Wege führen an einheimischen Früchten und Gemüse, an Fleisch, Käse und Getränken vorbei. Es gibt aber auch eine Ecke mit Trainerhosen, Spielzeugautos und Plastikblumen. Düfte von grillierten Hähnchen, der Süsse vollreifer Marillen und von rezentem Käse mischen sich mit schwach wahrnehmbarem Moder.

Sie nimmt die Strassenbahn zum Spittelberg. Eines ihrer Lieblingsquartiere. Schon als Kind hat sie sich vorgenommen, irgendwann mal hierherzuziehen. Die gut erhaltenen Biedermeierhäuser und die engen Gassen, die einen Eindruck vom ursprünglichen Dorf vermitteln, haben es Elena angetan. Sie setzt sich in einen Restaurantgarten und bestellt sich ein Wiener Helles und eine Gulaschsuppe.

Nach einem kurzen Spaziergang gelangt Elena ins Museumsquartier. Kurz überlegt sie sich, dem Leopoldmuseum einen Besuch abzustatten und sich einmal mehr in Egon Schieles Werke zu vertiefen, verschiebt dies jedoch auf ein anderes Mal und fährt zufrieden zurück in ihre Wohnung.

Alice

Alice sass an ihrer Nähmaschine und nähte lustlos den Saum einer Schürze um. Ihre Lehrmeisterin erwartete eine perfekte Arbeit. Alice träumte. Träumte von einem anderen Leben. Von einem spannenderen Leben. Ohne der ihr verhassten Arbeit als Schneiderin. Weg aus der Schweiz. Alice träumte von einem Leben in Wien. In der Schule hatte ihnen die Lehrerin einige Bilder dieser Stadt gezeigt. Und Alice hatte sich unsterblich in sie verliebt.

An einem milden Frühlingsabend ging Alice zum Tanz. Sie liebte diese Veranstaltungen einmal im Monat. Sie war ein hübsches Mädchen. Ihr Lächeln bewog viele Männer, sie um einen Tanz zu bitten. Sie zu bitten, sich in ihre Tanzkarte einschreiben zu dürfen. Alice tat den meisten den Gefallen und tanzte mit ihnen.

Sie entdeckte ihn hinter einem Rosenstrauch. Er unterhielt sich mit einem Offizierskollegen. Er sah toll aus in seiner Uniform. Sein Schnauzer verlieh ihm einen verwegenen Glanz.

Müde vom letzten Tanz setzte sich Alice für einen Moment auf eine Bank und schloss die Augen. Als sie sie wieder öffnete, stand er vor ihr. Gross, schlank, ein verschmitzter Ausdruck in den dunklen Augen. „Gnä Frau, darf ich um einen Tanz bitten?" Das war kein Schweizer. Alice war sich sicher, dieser Mann hatte einen österreichischen Akzent. Stumm reichte sie ihm ihre Tanzkarte. Er gab sie ihr zurück. Die ganze Karte war ausgefüllt. Mit seinem Namen. Nikolaus.

***

Elena fühlt sich schon wie zu Hause. Sie will zum Naschmarkt. Auch ein bisschen touristisch, sie weiss. Trotzdem liebt sie die vielen Farben auf dem grossen Markt. Liebt sie die umwerfend schönen Häuser, die ihn einsäumen. Kurz bevor sie ihn erreicht, betretet sie ein kleines Haus. Sie hat davon gelesen. In dem Reiseführer des Wieners. Es ist eine Kaffeerösterei. Köstlicher Duft schlägt ihr entgegen. Für Gäste gibt es drei Stühle an der Theke. Darauf die gängigen Zeitungen von Österreich. Elena hat das Gefühl, noch nie einen besseren Kaffee getrunken zu haben und vertieft sich in ihre Zeitung.

Bewusst wählt sie die Falco-Stiege, um zum Naschmarkt zu gelangen. Sie bewundert den Wiener Sänger mit dem unverwechselbaren Stil. Sie sucht einen ganz bestimmten Stand. Etwas abseits müsste er stehen. An ihm hat sie vor Jahren, zusammen mit ihrem Freund, eine Abwaschbürste besonderer Art gekauft. Sie hat sie so lustig gefunden, dass sie gerne wieder eine besitzen würde. Eine Abwaschbürste mit einer gelben Quietsche Ente als Handgriff. Etwas enttäuscht ist sie schon, als sie den Stand nicht mehr findet.

Elena erinnert sich daran, wie sie mit ihren Eltern ganz in der Nähe des Naschmarkts eine besonders köstliche Wiener Speise entdeckt hat: Das Fiakergulasch. Zum Gulasch werden Bratkartoffeln, Würstel, ein Spiegelei und eine Essiggurke gereicht. Elena freut sich, als sie das Restaurant gefunden hat und setzt sich draussen hin. Bestellt die Speise und einen gspritzten Weissen dazu. Zum zweiten Mal an diesem Tag ist sie etwas enttäuscht. In Erinnerung ist das Gulasch deutlich besser gewürzt gewesen.

Sie macht sich auf den Weg zur nächsten Wohnung ihrer Grosseltern. Es geht leicht hinauf, vorbei am Haus des Meeres. Nach einigem Suchen findet sie das Gebäude. Und ist zum dritten Mal an diesem Tag enttäuscht. Hässlich.

Einfach nur hässlich ist dieses Mehrfamilienhaus. Ohne eine Spur von Charme. Elena vergleicht es mit dem niedlichen Häuschen in der Allee. Weshalb bloss sind ihre Grossmutter und ihr Grossvater dort weggezogen? Oder sind es etwa gar nicht die Originalmauern? Sind diese vom Krieg zerstört worden?

Die Haustüre ist offen und Elena betritt das Haus. Ein dunkler Eingangsbereich empfängt sie, Wände, deren Ursprungsfarbe nicht mehr zu erkennen ist, enge, steile Stufen führen nach oben, ein undefinierbarer Geruch nach Kohl, kaltem Kaffee und Urin hängt in der Luft. Schnell möchte sie das Haus wieder verlassen, entdeckt jedoch eine weitere Tür. Diese führt in den Innenhof. Ein grosser Lindenbaum steht da. Daneben eine alte Bank. Ein scheues Piepsen eines Vogels erklingt. Elena atmet tief durch. Ein Lächeln macht sich auf ihrem Gesicht breit. Hier spürt sie die Stimmen der Vergangenheit. Bildet sie sich ein, das Lachen ihrer Grossmutter zu hören. Hört das Lachen von Alice.

***

Alice tanzte. Sie tanzte in den Himmel und zurück. Schwerelos. Nikolaus tanzte gut. Gekonnt führte er sie über das Parkett. Ab und zu schaute sie ihn an. Ihre Augen trafen sich. Die hellen blauen und die dunklen braunen verloren sich im Blick des Anderen.

Als sie nach dem fünften Tanz neben einander sassen und sich ein bisschen ausruhten, entstand ein Gespräch. Sie hatte sich nicht getäuscht. Er war ein österreichischer Offizier auf Urlaub. In seiner Freizeit male er Aquarelle. Auch für Radierungen hatte er ein Faible. Ihre Stadt gefiele ihm gut. Sie gefiele ihm noch besser. Ob sie nicht mit ihm mitkommen wolle? Er wisse, das sei etwas forsch. Doch müsse er bald ihre Stadt verlassen und zurückkehren in die seine. Zurück nach Wien.

Um Alice war es geschehen.

So schnell ging es dann doch nicht. Alice musste ihre Ausbildung beenden. Darauf bestanden ihre Eltern. Sie waren nicht erfreut über Alice' Entscheidung, wollten ihr einziges Kind nicht weglassen in das fremde Land. Doch Alice blieb bei ihrem Beschluss.

Die Tage bis zu ihrem Abschluss erschienen Alice endlos. Irgendwie schaffte sie ein genügendes Resultat. Da war mehr Glück denn Begabung dabei.

Alice und Nikolaus heirateten. Auf dem Standesamt in Basel. Nicht im Stephansdom. Dies erlaubten Alice' Eltern nicht. Auch hätten sie nicht das nötige Geld für eine Reise nach Wien gehabt. Es war eine einfache Hochzeit. Das Ja wurde mit

*einem leidenschaftlichen Kuss besiegelt. Später
gab es Braten und Kartoffelstock. Anstelle einer
mehrstöckigen Hochzeitstorte löffelten sie
Vanilleeis mit heisser Schokoladensauce. Alice
schwebte auf der Wolke 7.*

***

Den dritten Tag beginnt Elena mit dem
Frühstück im Kaffeehaus. Sie nennt es bereits ihr
Stammkaffee. An diesem Morgen soll es etwas
deftiger sein. Eine Eierspeise, Käse, Schinken,
zwei Semmeln. Dazu eine Melange. Elena
schmökert in ihrem Reiseführer. Sie entschliesst
sich, das Hofmobiliendepot zu besuchen. Davon
hat sie noch nie etwas gehört. Die Gegend jedoch
kennt sie gut.

Zuvor macht sie einen Besuch in der nahe
gelegenen Stiftskirche in der Mariahilfer-Strasse.
Schon als junges Mädchen hat sie diese Kirche

angezogen. Immer verstört hat sie sie wieder verlassen. Dieses Mal ist es nicht anders. Es rührt Elena unendlich an, die Fotos der Verstorbenen zu sehen, welche im Krieg ihr Leben lassen mussten. Die herzerwärmenden Abschiedsbriefe ihrer Hinterbliebenen hinterlassen auch bei Elena ihre Spuren.

Wieder draussen schüttelt Elena die schweren Gedanken ab und sucht den Eingang des Depots. Und dann kann Elena nicht mehr aufhören zu staunen. Einzelne Möbel sind schön arrangiert. Die wenigsten jedoch. Sie sind einfach nur gestapelt, um Platz zu sparen. Da sind 50 Stühle, 30 Kronleuchter, unzählige Teppiche, Betten, Geschirr. Und es gibt eine kleine Extraausstellung. Dort können die Möbel betrachtet werden, welche in den Sisi-Verfilmungen benutzt wurden. Zum Beweis, dass es sich um diese Möbel handelt, laufen die Filme im Hintergrund.

Fasziniert verlässt Elena das Depot und macht sich auf den Weg zur nächsten Wohnung ihrer Vorfahren. Sie steigt in die U-Bahn und fährt zum Südtirolerplatz. Es wird unübersichtlich. Sie kann sich auf dem Stadtplan nicht mehr zurechtfinden. Etwas verärgert stellt sie die Roaming-Funktion ihres Handys ein und lässt sich führen. So hat sie es sich nicht vorgestellt. Ganz alleine wollte sie alles finden. Nun aber geht es schnell und Elena steht vor dem Mehrfamilienhaus. Wiederum kein schönes Haus. Die Gegend voller Abgase. Nein, hier möchte Elena auf gar keinen Fall wohnen. Was haben ihre Grosseltern hier bloss gesucht?

Elena fährt zurück in die Innenstadt. Heute will sie dort das Abendessen einnehmen. Sie schlendert durch die Stadt. Ist wieder eins mit sich und der Welt. Flaniert an den vielen Restaurants vorbei, begibt sich in Seitengassen. Bei einer Terrasse, wo sie nur den wienerischen Dialekt vernimmt, macht sie Rast. Sie bestellt sich

Tafelspitz mit Schnittlauchsauce und Apfelkren, dazu einen Viertel Roten. Sie spürt, dass sie an diesem Tag kaum etwas gegessen hat und langt tüchtig zu.

Zurück in ihrer Wohnung schickt sie ihren Kindern und ihrem Freund kleine Textnachrichten, untermauert mit Fotos, die sie geschossen hat. Morgen würde sie noch eine Adresse aufsuchen. An dieser hat die Freundin ihrer Grossmutter gewohnt. Während des Krieges hat sie Elenas Grosseltern dort aufgenommen.

***

Alice packte ihre Sachen ein. Sie hatte nicht viel. Auch ihre Aussteuer war mager. Nikolaus beruhigte sie. Er habe alles, was sie bräuchten. Alice verabschiedete sich von ihren Eltern. Ihre Mutter weinte, ihr Vater umarmte sie.

Dann sass Alice endlich in der Eisenbahn. Nun würde sie ihre Traumstadt sehen. Sie konnte es kaum erwarten.

Wien Westbahnhof. Alice nahm einen grossen Atemzug. Schloss die Augen. Der Geruch im Bahnhof liess sie innerlich jubeln. Es roch so ungewohnt und doch so vertraut. Sie hätte gerne die ganze Welt umarmt. Anstelle jener umarmte sie ihren Nikolaus.

Mit dem Taxi fuhren sie zu Nikolaus' Bleibe in einem Doppelreihenhaus in einer schönen Allee. Alice vermisste etwas die pompösen Häuser, die sie auf den Fotos ihrer Lehrerin gesehen hatte. Nikolaus tröstete sie. Morgen würde er sie herumführen und ihr diese zeigen.

Im Häuschen gefiel es Alice sehr. Geschäftig schaute sie sich um, verschob da eine Vase, ordnete dort ein Spitzendeckchen. Dann setzte sie

*sich mit Nikolaus draussen im kleinen Garten auf
die Steinbank, hörte den Vögeln zu und war
glücklich.*

***

Die blaue Strassenbahn hält gleich vor Elenas
Wohnung. Mit ihr ist Elena nach einer Stunde in
Baden bei Wien. Ein schnuckeliger Vorort mit
vielen Blumenrabatten, einer Therme, vielen
Parks und einem schönen Dorfkern. Elena ist
begeistert. Sie findet Rosas Häuschen beinahe
sofort. Hier also hat Rosa gelebt. Rosa, welche
Alice und Nikolaus bei sich aufgenommen hat.
Der Vorgarten ist wunderschön. Halbhohes Gras
mit unzähligen Wiesenblumen geschmückt.
Astern, Gladiolen und Sonnenblumen strahlen in
den Rabatten um die Wette. Elena bestaunt einen
alten, knorrigen Baum mit einer ausladenden
Astgabel. Hier könnte eine Schaukel gebaumelt
haben. Ein jauchzendes Kind könnte auf ihr viele

fröhliche Stunden verbracht haben. Die Mauern des Hauses sind strahlend weiss gestrichen. Beim Abschluss des ersten Stockes finden sich feingeschwungene grüne Ornamente. Hier also hat der Anfang vom Ende begonnen. In diesem idyllischen Haus. Elenas Grossmutter hat oft darüber erzählt:

Rosa ist Alice' Freundin gewesen. Sie haben sich vor einigen Jahren bei einer Vorführung „der lustigen Witwe" von Franz Lehàr im Theater an der Wien getroffen. Die beiden Frauen sind nebeneinander gesessen. In der Pause sind sie ins Gespräch gekommen. Haben sich über die Operette ausgetauscht. Es hat ihnen gefallen, dass die Hauptrolle eine starke Frau darstellte. Und es hat ihnen gefallen, dass man hinter vorgehaltener Hand munkelte, Nikola der Erste von Montenegros Frau hätte als Vorlage herhalten müssen.

Rosa und Alice sind in Kontakt geblieben. Im Kaffeehaus Hawelka haben sie sich regelmässig auf eine Melange getroffen. Und als Alice und Nikolaus gegen Ende des Krieges nicht mehr in ihrer Wohnung bleiben konnten, hat Rosa die beiden bei sich aufgenommen.

Rosa war Alice Freundin. Rosa wurde Nikolaus Geliebte.

***

Alice schlenderte durch Wien. Ihr Herz weit geöffnet. Sie atmete den Duft dieser Stadt ein. Ihre Augen konnten sich nicht satt sehen. Neben ihr Nikolaus. Seine Hand fest an ihrem Arm, geleitete er sie durch die Strassen. Vor der Votivkirche blieben sie stehen. Alice war fasziniert. Wie filigran die weissen Türme auf sie niederschauten. Gemeinsam betraten sie die Kirche. Sie zündeten zwei Kerzen an. Sie für ihn, er für sie, schauten sich tief in die Augen und versprachen sich ewige Treue.

Alice gebar einen Sohn. Sie nannten ihn Wolfgang. Nach einigen Monaten brachte Alice ihr Kind in die Schweiz. Die Lage spitzte sich zu. Man sprach von einem zweiten Krieg. Alice wollte Wolfgang in Sicherheit wissen und liess ihn in der Obhut ihrer Eltern. Sie selber musste als österreichische Staatsbürgerin zurück nach Wien.

Dann kam das Aufgebot. Nikolaus musste an die Front. Man schickte ihn nach Polen. Alice schien es, ihr Herz müsste zerbersten vor Schmerz. Würde sie ihn je wiedersehen? Und wie ging es ihrem Sohn? Sie schickte viele Briefe in die Schweiz, wusste nicht, ob diese ankämen, wusste nicht, ob sie zensuriert würden. Schickte Briefe an Nikolaus. Briefe voller Tränen, voller Sehnsucht, voller Angst.

Ab und zu kam auch ein Brief für Alice. Die Mutter berichtete, dass es Wolfgang gut gehe. Er sei ihr Ein und Alles, gäbe ihr einen Lebenssinn in diesen Tagen. Voller Bitterkeit berichtete sie jedoch auch, dass nun auch Alice' Vater eingezogen worden sei. Und dies nur wegen diesen Deutschen. Und den Österreichern. Die seien nicht besser. Sie habe Alice immer davor gewarnt, Nikolaus zu heiraten und mit ihm nach Wien zu ziehen. Nun hätten sie den Dreck.

Von Nikolaus kamen keine Briefe. Alice' Angst wuchs.

Eines Tages stand er vor ihr. Ein leerer Blick, zerrissene Kleidung, Krücken. Es habe ihn zum Glück nicht so arg erwischt. Zurückbleiben würde nur das steife Bein, wären sich die Ärzte im Lazarett einig gewesen. Das Militär jedoch wollte ihn nicht mehr. Er sei nun arbeitslos.

Nikolaus machte sein Hobby zum Beruf.
Zeichnen konnte er immer schon. Er bewarb sich
bei der Stadt Wien und wurde Schienenzeichner.
Sein Verdienst war klein. Alice und er mussten
das schöne Häuschen alsbald verlassen und in
ein Mietshaus ziehen. Enge und ein
undefinierbarer Geruch nach Kohl, kaltem Kaffee
und Urin erwarteten sie dort. Tristesse.

***

Elena setzt sich in einem schönen Park auf
die Terrasse des Restaurants. Links von ihr
plätschert ein Bächlein, Schwäne tummeln sich
auf ihm. Sie hört dem Gezwitscher der Vögel zu,
lässt sich das Gesicht von der Sonne bescheinen.
Ein Almdudler ist nun genau das Richtige. Schön
gekühlt. Dazu einen gemischten Salat und die
geliebte Semmel.

Sie betritt ein Kaufhaus. Fragt sich durch bis zur Abteilung Bademode. Mode ist für sie etwas anderes. Trotzdem kauft sie sich einen Einteiler. Schön bunt ist auch schön, redet sie sich ein.

Egal, sie besucht die Therme. Die Wärme des Wassers verursacht kleine Nebelschwaden. Lustig kringeln sie sich in der Luft. Sie tragen Elenas trübe Gedanken weg, weit weg.

Elena möchte an diesem Abend nicht alleine sein. Sie ruft den Bruder ihrer Freundin an. Sie verabreden sich auf dem Rathausplatz. Ein schöner Ort, um den Tag ausklingen zu lassen. Das imposante Rathaus im Rücken, vor sich ein Ottakringer und das Burgtheater, erzählt Elena, was sie bis jetzt alles erlebt hat.

Sie erzählt von ihren Plänen für den morgigen Tag. Sie wird ihre Halbtante kennen lernen, das Kind, welches Nikolaus nach der Scheidung mit seiner zweiten Frau bekommen hat. Elena hat bis jetzt wenige Mails mit ihr ausgetauscht, ihr Kommen angekündigt. Nach deutlichem Zögern ist der Vorschlag schliesslich angenommen worden.

Helga wartet bereits vor dem Naturhistorischen Museum. Sie hat ihre Tochter mitgebracht. Das freut Elena. Sie begrüsst ihre Halbcousine - ob es das überhaupt gibt? Zusammen streifen sie durch das historische Gebäude. Elena hätte lieber dem Zwillingsgebäude auf der anderen Parkseite einen Besuch abgestattet, dem Kunsthistorischen Museum. Es ist nicht ihr Ding, tote Tiere zu betrachten. Dem Kind zuliebe macht sie mit. Gerne wäre sie bis unters Dach gestiegen. Sie hat gelesen, es gäbe dort einen Durchgang, welcher auf eine Terrasse führe mit himmlischem Ausblick. Helga erklärt ihr, diese Türe sei nur an speziellen Anlässen geöffnet, schade.

Die Drei setzen sich ins Museumskaffee. Helga ist wortkarg. Sie hat wohl Angst, Elena wäre da, um einen Teil des Erbes einzufordern. Das Kind ist munter, erzählt von seinen vielen Hobbys. Helga taut auf. Sie erzählt Elena von ihrem Vater. Er sei ein ganz Lieber gewesen. Ein Chauvinist gewiss, aber ein toller Papa.

***

Alice Zuflucht war der Innenhof. Ein grosser Lindenbaum stand da. Daneben eine alte Bank. Oft sass Alice da und träumte vor sich hin. Sie dachte oft an Wolfgang. Wie gerne wäre sie bei ihm gewesen. Insgeheim musste sie sich eingestehen, dass sie auch ganz gerne wieder in der Schweiz gewesen wäre. In Sicherheit. Ohne diese diffuse Angst vor Gewalt, Hass und Vernichtung. Wenn sie ganz ehrlich war, wäre sie auch ganz gerne ohne ihren Mann wieder in der Schweiz gewesen. Nach den bösen Erlebnissen im Krieg blieb wenig übrig von seinem wienerischen Schmäh. Oft sass er nach getaner Arbeit griesgrämig am Tisch und starrte vor sich hin. Es gab keine Spaziergänge mehr durch die Innenstadt, die einzige Abwechslung bestand aus dem Gang in den Einkaufsladen um die Ecke.

Als Alice eines Morgens vom Einkaufen nach Hause kam, hörte sie Nikolaus pfeifen. Sie ging dem Geräusch nach und blieb erstaunt stehen. Sie sah ihren Mann vor seiner Staffelei. Über ein Jahr lang hatte sie ihn nicht mehr davorstehen sehen. Neugierig schaute sie über seine Schulter. Sie sah das Basler Münster, wunderbar getroffen von der anderen Seite des Rheins her.

In dieser Nacht liebten sie sich. Es war wie Heimkommen.

Annemarie kam auf die Welt. Und mit ihr kam das Lachen zurück. Oft sass Alice mit dem

Mädchen im Innenhof. Sang ihr ein Lied vor, brachte sie mit einem Fingerspiel zum fröhlichen Glucksen. Sogar ihren Vater wickelte Annemarie um den Finger, er konnte sich nicht satt sehen an dem blonden Mädchen.

Alice erzählte ihr von Wolfgang. Erzählte von ihrer Sehnsucht nach ihrem Jungen. Immer seltener trafen Briefe aus der Schweiz ein. Im letzten aber fand sich eine Fotografie von ihm. Er war ein hübscher Junge. Ernst schaute er in die Kamera. Sie trug das Bild immer bei sich.

***

Ihr Vater sei das uneheliche Kind von Nikola dem Ersten von Montenegro, berichtet Helga. Da sei er sich ganz sicher gewesen. Weiter konnte er sich erinnern, dass ihm seine Mutter oft über das Leben im Schloss erzählt habe. Sie habe ihm die mickrige Küche beschrieben, die kalte, karge

Kammer. Er selbst konnte sich nicht mehr daran erinnern. Nur ganz verschwommen sei da ein Bild. Ein Bild von einem roten Gebäude mit weissen Fenstern und einem schönen Park mit vielen Bäumen. Die Mutter habe ihm von Nikita erzählt. Dieser habe sie einfach wie einen Hund weggeschickt. Das aber habe sie sich nicht gefallen lassen. Katharina habe ihren Mann, den Musiker, eingeweiht und einen Plan geschmiedet: Sie habe den König erpresst. Wenn sie seiner Frau nichts erzählen solle, erwarte sie weitere Geschenke. Vor allem erwarte sie Schmuck. Dieses Mal teuren Schmuck in Gold mit wertvollen Rubinen und Diamanten. Selbstverständlich würde ihre Familie auch ab sofort in einer geheizten Stube übernachten.

Das Kind wird müde. Helga lädt Elena zu sich nach Hause ein. Ihre Mutter würde sie auch gerne kennen lernen. Elena möchte am liebsten ablehnen und in ihre Wohnung zurückgehen.

Doch sie will nicht unhöflich sein und fährt mit. Helga wohnt mit ihrer Mutter und ihrem Kind etwas abseits von Wien. Stadtnähe, aber ländlich grün.

Elena steht vor dem Haus ihres Grossvaters. Gefühle verschiedenster Art durchströmen sie. Zum einen pure Bewunderung. Blumen verschiedenster Art und Farben überall. Nicht in Reih und Glied, bunt gemischt, umwerfend. Betörend der Geruch. Es muss herrlich sein, hier zu wohnen, denkt Elena. Dann der andere Gedanke. Müsste das nicht ihrem Vater und seiner Schwester gehören? Oder zumindest ein grosser Teil davon? Wie kann es sein, dass sie die Erste ist, die diese Pracht bewundern kann?

Die Tür geht auf. Eine ältere Dame tritt heraus. Ganz langsam breitet sich ein Lächeln auf ihrem Gesicht aus. Zuerst nur eine Andeutung, dann ein offenes Strahlen. Elena wird es warm ums Herz. Sie kann es kaum fassen. Diese Dame sieht aus wie ihre Grossmutter. Etwas kleiner vielleicht, etwas zierlicher. Dieselbe Ausstrahlung, dieses Lächeln, welches nicht nur in den Augen hängen bleibt, sondern den ganzen Menschen lächeln lässt. Wenn Elena sich nicht täuscht, haben die Augen dieser Frau sogar dasselbe helle Blau wie diejenigen von Alice. „Grüss dich, ich darf doch du sagen? Das würde mich sehr freuen. Mein Name ist Sophie."

Bevor Elena das Haus betreten darf, wird sie in den hinteren Teil des Gartens geführt. Eine Trauerweide, unter ihr ein hübsches Bänklein, ein Marillenbaum. Auch hier unzählige Blumen in grosser Vielfalt, aber auch Gemüse wächst da in allen Farben. Stolz ist Sophie auf ihren Garten, sie könne hier noch immer alles selber erledigen, auch wenn sie die Arthrose plage.

„Wie geht es dir? Wie gefällt es dir in Wien? Wie geht es deinen Eltern? Und wie Annemarie?

An ihre Besuche bei uns in Wien erinnere ich mich gut. Dein Vater hat uns auch einmal besucht, das ist lange her. Die Wut hat in ihm gebrodelt, das habe ich gut gespürt. Ich habe es nicht verstanden. Weshalb diese Wut? Seine Mutter hat doch meinen Mann verlassen, einfach so, grundlos. Auch danach hat mein Mann immer für seine Kinder da sein wollen, doch sie hat es nicht zugelassen."

Elena stutzt. So hat sie die Geschichte nicht in Erinnerung. Soll sie es dieser reizenden Dame sagen? Der Entschluss wird ihr abgenommen, denn Helga verkündet, dass sie wieder losfahren würden, sie habe nämlich Karten für ein Schauspiel in einem Freilichttheater ganz in der Nähe gekauft. Das macht Elena nun wirklich ärgerlich. Sie mag es gar nicht, wenn einfach über sie bestimmt wird. Jetzt möchte sie nur noch zurück in ihre Wohnung. Widerwillig steigt sie ins Auto ein.

Sie fahren nach Perchtoldsdorf. Das Kind darf mit und freut sich sehr, dass es heute lange nicht ins Bett gehen muss. Malerische Kulisse inmitten der Burg. Sie geben den Macbeth. Elena ist versöhnt und gibt sich dem Spiel der ausgesprochen talentierten Akteuren und dem Ambiente hin. Sie schmiegt sich in die Decke, welche sie zu Beginn des Spiels entgegengenommen und als überflüssig befunden belächelt hat.

Durchfroren fahren die Drei zurück. Elena freut sich auf die versprochene Gulaschsuppe. Sophie schläft schon. Leise schöpfen sie sich die Suppe und setzen sich. Elena zuckt zusammen. Die Suppe entpuppt sich als einziges Desaster. Anstelle des gewohnten Fleisches sind da nur Fettklumpen. Elena würgt. Unter einem Vorwand geht sie in die Küche und spült das Ganze mit heissem Wasser den Abfluss herunter.

Elena versucht, zu schlafen. Neben ihrer Übelkeit macht ihr auch der Rost des Schlafsofas zu schaffen. Sie spürt jede einzelne Latte durch die dünne Matratze. Tröstend empfindet sie, dass sie im ehemaligen Arbeitszimmer ihres Grossvaters schläft. Helga hat ihr am Abend zuvor erklärt, dass hier seine Kunstkarten entstanden seien, auf welche er sich noch während des Krieges spezialisiert habe. Radierungen, später koloriert. Elena kennt solche Karten, ihre Grossmutter hat ihr einige geschenkt, auch ihr Vater besitzt welche.

Das Frühstück mit den selbstgemachten Marmeladen dagegen ist köstlich. Elena verabschiedet sich von Sophie. Diese fragt, ob sie sie in den Arm nehmen dürfe. Sie wisse, es stimme nicht. Doch irgendwie fühle sie sich halt doch ein kleines Bisschen wie Elenas Grossmutter. Elena ist gerührt, lässt sich umarmen. Sophie schaut ihr in die Augen. „Wirst du wiederkommen?" Elena verspricht es.

***

Die ständige Angst begleitete Alice. War es zunächst die Angst, wie lange wohl die Lebensmittelversorgung aufrechterhalten werden würde, wie lange sie noch mit den Bezugsscheinen alles erhalten würde, was sie bräuchten. So kam es alsbald zur Angst um das eigene Leben. Bomben verschonten auch Wien nicht. Menschen mussten ihre Häuser und Betriebe verlassen, wurden weggebracht. Alice wusste nicht weshalb, wusste nicht wohin. Wären sie die Nächsten?

Alice, Nikolaus und Annemarie mussten ihre Wohnung verlassen. Das schmerzte Alice nicht so sehr, sie hatte sich dort nie wirklich wohl gefühlt. Es schmerzte sie aber, den Innenhof verlassen zu müssen. Ein letzter Blick zurück, ihre Habe auf einen grossen Leiterwagen gehoben und zu Fuss in die nächste Bleibe. Weshalb sie gehen mussten, erfuhr Alice nie.

Es war schrecklich. Die Wohnung hatte zwei Zimmer. Eines zum Schlafen und die Küche. Draussen auf dem Flur ein Klo für die gesamte Etage. Die Tapeten blätterten ab, es stank widerlich. Auf einmal, so fand Alice, war der Geruch in dem Haus mit dem Innenhof in Erinnerung gar nicht mehr mal so schlimm.

Nikolaus arbeitete. Das war ein grosser Trost. Er hatte etwas Erfolg mit seinen Kunstpostkarten. Radierungen mit Wiener Sujets. Er kolorierte sie. Manchmal half ihm Alice dabei. Wenn er arbeitete, war Nikolaus guter Laune. Ansonsten blieb nicht viel übrig vom einstigen Lebemann.

Bombenalarm. Alice, Nikolaus und Annemarie mussten flüchten, weg aus ihrer Wohnung. Alles, was sie besassen, musste zurückbleiben. Alice erinnerte sich an Rosa. Seit einiger Zeit sahen sich die beiden Frauen nicht mehr. Aber Rosa hatte ihr immer wieder gesagt, bei ihr sei genug Platz, sollte Alice mal in Not geraten.

Sie machten sich auf den Weg. Immer wieder versteckten sie sich. Vor Geräuschen, vor Soldaten, vor Menschen. Dann erreichten sie das schmucke Häuschen von Rosa. Hier hörte man noch die Vögel pfeifen, alles wirkte ruhig.

Rosa öffnete die Tür. Sie sah die drei müden Gestalten. Sie bat sie ins Haus mit den grünen Ornamenten.

***

Helga bringt Elena zurück. Die beiden Frauen verabschieden sich, mach's gut, auf ein ander Mal. Erledigt aber erleichtert und froh steigt Elena hoch in ihre Wohnung, nimmt ein Bad und legt sich hin.

Erholt macht sich Elena auf den Weg. Nach dem Erlebten ist ein Besuch auf dem St. Marxer Friedhof genau das, was sie braucht. Er liegt ganz in der Nähe der letzten Wohnung ihrer Grosseltern. Am Schwarzenbergplatz steigt Elena um. Die Strassenbahn fährt sie am Schloss Belvedere entlang. Vielleicht macht sie auf dem Rückweg dort einen Halt, überlegt sie sich.

Der St. Marxer Friedhof ist der einzige der fünf von Joseph II. begründeten "communalen Leichenhöfe", der bis heute erhalten ist. Bestattungen am St. Marxer Friedhof sind zwischen 1784 und 1874 durchgeführt worden. Die Gemeinde Wien unterhält ihn heute als öffentlichen Park. Es gibt keinen Ort in Wien, an welchem mehr Flieder bestaunt und beschnuppert werden kann, als hier. Er hat den Charakter eines

Biedermeierfriedhofes und beherbergt Wolfgang Amadeus Mozart.

Elena taucht ein. Eben noch hat sie Lärm begleitet, welcher von der Hauptstrasse und dem Industriegebiet herrührt. Und nun diese Ruhe. Es ist, als wäre sie in eine andere Welt eingetreten. Es herrscht nicht absolute Ruhe, denn die Vögel schmettern ihr Konzert. Ansonsten aber vollkommene Stille. Auch in Elena selber. Sie ist schon mehrere Male hier gewesen. Jedes Mal geschieht das Selbe mit ihr. Sie wandelt an den alten Gräbern vorbei, studiert die Inschriften. Sie setzt sich auf eine Bank, schliesst die Augen, ist eins mit sich und der Welt.

Elena öffnet ihre Augen. Schüttelt sich, reckt sich und verlässt den Friedhof. Sie ist dankbar für das erneut erlebte Wunder.

Ein Spaziergang wird jetzt sicher guttun. Nach einer halben Stunde erreicht Elena das Schloss Belvedere. Sie bestaunt die Schönheit des Gebäudes. Heute will sie der berühmten Galerie keinen Besuch abstatten. Sie kennt die Ausstellung, hat sich Klimts Kuss angeschaut, ist weniger ergriffen gewesen, als erwartet. Nein, heute will sie einfach nur im Kaffeehaus im Schloss sitzen, etwas trinken, etwas Kleines essen und über die Parkanlage schauen, vor sich hinträumen und sinnieren. Die freundliche Bedienung bringt ihr eine Griessnockerlsuppe und ein kühles Wasser mit einem Schnitz Zitrone.

Später erreicht Elena die Karlskirche. Es ist „ihre" Kirche. Keine ist schöner, keine ist beeindruckender. Vor keiner spielt sich das pralle Leben so ab wie vor ihr. Elena betritt die Kirche. Kurz ärgert sie sich, dass nun auch hier Eintritt verlangt wird. In diesem Fall ist er es ihr jedoch wert. Sie weiss, es wird sich lohnen. In der

Karlskirche befindet sich ein Lift. Ursprünglich ist dieser für die Innen-Renovation der Kuppel aufgestellt und nicht wieder abgebaut worden. Heute kann Elena mit ihm bis unter die Kuppel fahren. Ganz nah entdeckt sie winzige Details. Da zwei Engel mit einem Schiffsanker und dort, ganz zuoberst, der Heilige Geist und die staunenden Kinder. Ein einzigartiges Erlebnis.

Wieder draussen setzt sich Elena auf eine Bank und schaut dem bunten Treiben vor der Kirche zu. Männer, angezogen wie zu Mozarts Zeiten, verkaufen Tickets für die Oper oder ein Konzert, Jugendliche werfen ihre Frisbees, Kinder baden im grossangelegten Weiher. Hinter Elena die Kirche, vor ihr die alte U-Bahnstation, reich verziert mit Blättern und Ornamenten im Jugendstil. Elena fühlt sich so gut. So unendlich gut.

Die Strassenbahn fährt Elena vor ihre Wohnung. Unternehmungslustig läuft sie an der Türe vorbei. Nein, sie hat noch nicht genug. Sie spaziert ins nahe gelegene Margarethen-Viertel. Bei ihrem letzten Besuch hat sie diesen 5. Bezirk kennen- und lieben gelernt. Die bunte Mischung macht es aus. Kleinstbetriebe finden sich hier, eine vielseitige Lokal- und Kreativ-Szene. Künstler, Designer, Grafiker, aber auch Parks, welche zum Verweilen einladen. Heute besucht sie den Bruno-Kreisky-Park. Dieser eignet sich nicht nur zum Spazieren und Spielen, sondern auch zum "Abhängen" in den zwischen den Bäumen angebrachten Hängematten.

Nach einer kurzen Rast zieht es Elena in ein ihr bekanntes Lokal. Fünf Tische finden sich darin. Eine Mini-Speisekarte, ein Tagesmenu. Reine böhmische Küche von einem Böhmischen Lokalbesitzer, welcher gleichzeitig der Koch ist. Er enttäuscht sie auch dieses Mal nicht. Das Lamm mit der Kräuterkruste ist vorzüglich, es zergeht auf der Zunge. Die Kartoffelscheiben haben noch Biss, sind gut gewürzt. Die in Rotwein eingelegten Powidl ein Traum.

„Mechten Sie einen Industriefusl oder einen eechten Schnaps?". Einen echten, auch das weiss Elena. Stark. Reine Frucht im Mund. Eine Explosion. In dieser Nacht träumt Elena davon, eine Prinzessin zu sein.

***

Rosa zeigte ihnen, wo sie schlafen konnten. Bevor sich die Drei erschöpft ins Bett fallen liessen, assen sie eine herrliche, heisse Gemüsesuppe. Sie wärmte Leib und Seele.
Rosa teilte, was sie hatte. Sie hatte etwas Geld von ihren verstorbenen Eltern geerbt. Es gab jeden Tag eine warme Mahlzeit, die Frauen buken frisches Brot. Auch sonst machte sich Alice

*nützlich, wo sie nur konnte. Sie war so dankbar,
dass sie in diesem Haus leben durften. Sie
schruppte die Treppen, schnippelte Gemüse,
tauchte die schmutzige Wäsche in glühend
heisses Wasser.*

*Für Annemarie wurde eine Schaukel an dem
knorrigen, alten Baum aufgehängt. Alice nahm sie
oft auf den Schoss und wiegte sich mit ihr. Rosa
und Alice unternahmen mit der Kleinen kurze
Ausflüge. Spazierten mit ihr in den Park, schauten
dem Bächlein auf seinem Weg zu, bewunderten
die Schwäne. Annemarie gab den Enten
Brotkrümel. Nur ganz wenige durfte sie jeweils
mitnehmen. Es war ein Fest für sie.*

*Nikolaus war auch dankbar. Es war schön
hier, die Angst etwas kleiner. Nur arbeiten konnte
er nicht mehr. Alle seine Werkzeuge blieben ja in
ihrer Wohnung.*

Nikolaus half nicht im Haushalt. Er war nicht dabei, wenn mit Annemarie gespielt wurde, ging nicht mit in den Park, Enten füttern.

Nikolaus war dankbar und nahm sich Rosa. Erst heimlich. Wenn Alice auf dem Markt war. Wenn Alice Seife für die Wäsche besorgte. Wenn Alice mit ihrem Kind alleine in den Park ging, weil Rosa Kopfschmerzen hatte. Dann offensichtlich. Hier ein Kuss, hier eine Hand auf dem Po, komm, wir ziehen uns zurück.

Alice war wie erstarrt. Sie, die stolze Alice, wusste sich nicht zu helfen. Sie schrie, sie bettelte, sie warf Geschirr nach ihm. Er versprach, aufzuhören, tat es nicht. Sie konnte nirgendwo hin, wohin denn auch.

Rosa war es nicht recht. Wollte loyal zu Alice sein, schaffte es nicht. Erlag seinem Werben,

immer wieder. Drei Menschen, unlösbar
ineinander verstrickt.

Bombenalarm. Alice und Nikolaus verliessen
mit ihrer Tochter das Haus mit den grünen
Ornamenten. Rosa wollte nachkommen, zuerst
noch ihre Habseligkeiten in Sicherheit bringen.

Schweigend schlossen sich die Eheleute
einem Zug von Menschen an. Zwischen ihnen
Annemarie. Alle waren auf dem Weg in die
Böhmischen Wälder. Man hörte immer wieder
sagen, dort sei man sicher. Alice hörte aber auch,
es sei weit, weit weg. Zwei Wochen Marsch, wenn
man mit fünf Stunden pro Tag rechnen würde. Mit
einem Kleinkind ein schier unüberwindbares
Unterfangen.

Sie wechselten sich ab, Annemarie zu tragen,
wenn diese keine Kraft mehr hatte, wenn ihre
Beinchen sie nicht mehr trugen. Dann fielen sie

zurück, hatten Mühe, mit dem Zug der Menschen mitzuhalten. Langsam begann das eiserne Schweigen zu bröckeln. Alice und Nikolaus tauschten sich über Probleme aus, welche ihr neuer Alltag mit sich brachte. Sie erzählten sich kleine Geschichten, wenn sie nachts vor Hunger oder Angst nicht schlafen konnten. Ab und zu erfüllte sogar ein Lachen die Luft. Um sich warm zu halten, lagen sie sich in den Armen, mittendrin Annemarie.

***

Elena ruft ihren Vater an. Sie erzählt ihm von dem Besuch bei Sophie. Erzählt ihm von Helga und dem Kind. Der Vater stellt die Lautsprecherfunktion ein, lässt die Mutter mithören. Je länger Elena erzählt, umso klarer formt sich ein Gedanke in ihrem Kopf. Ihr Traum von letzter Nacht drängt sich immer wieder dazwischen. Jawohl, nun ist ihr alles klar. Sie

weiss nun, dass sie königlicher Abstammung ist.
Schliesslich ist ihr Grossvater der uneheliche
Sohn von Nikola dem Ersten von Montenegro.
Und sie, Elena, die Principessa di Montenegro.

Ihre Mutter lacht sie aus. Auch Elena muss
lachen. Lachen über ihren vorwitzigen Gedanken.
Sie legt auf. Schmunzelt. Irrwitzig, ja. Aber auch
sehr verlockend. Sie, eine Prinzessin. Eine di
Montenegro. Vielleicht müsste sie ja irgendwann
in dieses ihr unbekannte Land reisen. Vielleicht
müsste sie ja den Thron eines Tages
zurückerobern. Wer weiss. Vielleicht.

Elena steigt in die Strassenbahn, welche mit
der Endstation „Prater" angeschrieben ist. Bislang
ist sie immer mit der U-Bahn dorthin gefahren.
Heute will sie die längere Strecke nutzen und sich
die vorbeiziehende Umgebung anschauen. Doch
Elena landet im Nirgendwo. Natur, wohin das
Auge reicht. Elena ist im riesengrossen,
gleichnamigen Park gelandet. Sie trifft

Hundebesitzer, Eltern mit Kinderwagen, Sportler. Weit und breit keine Attraktionen.

Erst nach gut dreissig Minuten gelangt sie zu den Schiessbuden, den Zuckerwatten, dem Riesenrad. Auch touristisch, was solls. Trotzdem stellt sie sich in die Reihe. Sie liebt das Riesenrad, die Aussicht über ganz Wien, sich wie Orson Wells zu fühlen. Den Film „Der dritte Mann" kennt sie in und auswendig. Wenn auch schwarzweiss, wenn auch alt, packt er sie immer wieder. Sie hat ihn sogar einmal in Wien angeschaut. Im ältesten Kino von Wien, gleich bei der Oper. Die zeigen den Film, täglich.

Die Warterei hat ein Ende. Elena steigt in eine Kabine, welche sie langsam in die Höhe bringt. Träumerisch schaut Elena in die Ferne, ihr Auge umfasst die geliebte Stadt. Sie fühlt sich wie eine Königin. Nein, wie eine Prinzessin, verbessert sie sich.

Zurück in der Innenstadt kauf sich Elena einen Krimi. Natürlich einen, der in Wien spielt. Sie kauft Brot, Aufschnitt, eine Gurke und Wasser und fährt an die Donau. Sie setzt sich ans Ufer und schreibt ihren Kindern, schickt ihnen ein Bild von dem glitzernden Wasser. Sie erinnert sich, wie die beiden, als sie klein gewesen sind, in der Donau gebadet haben. Erinnert sich an die glücklichen Kinderaugen.

Sie ist eine Leseratte. Ihre Umwelt behauptet, wenn sie sich mal festgebissen habe, gäbe es kein Morgen mehr, dann dürfe man sie nicht stören, müsse man sie in Ruhe zu Ende lesen lassen. Nach sechs Stunden ist es soweit. Es ist spannend gewesen, zu verfolgen, wo sich die Protagonisten aufgehalten haben, einfach toll. Etwas steif geworden vom langen Sitzen dehnt sie sich. Schliesslich macht sie sich auf den Weg. Heute will sie in einem Restaurant im ehemaligen Alten Krankenhaus-Areal essen und die letzten

Sonnenstrahlen geniessen, dazu ein frisch gezapftes Bier.

***

In einer dieser Nächte erzählte Nikolaus, dass er nicht das Kind des Musikers sei. Jener wäre ihm ein lieber Vater gewesen. Jenem sei auch klar gewesen, dass er nicht Nikolaus leiblicher Vater sei. Gemeinsam mit seiner Frau Katharina hätten sie sich auch den Namen Nikolaus ausgedacht, damit niemand je vergessen könnte, dass dieser Junge der Sohn von Nikola dem Ersten von Montenegro sei.

Als der König ins Exil geflohen war, gab es keine Arbeit mehr im Schloss. Die Küche war kälter geworden als je zuvor. Seine Mutter aber hatte in den letzten Jahren einigen Schmuck erhalten. Golden glänzend eine Halskette mit einem grossen Rubin, schön verzierte Ringe,

Reifen, Broschen und ein Collier mit mehreren Diamanten.

Als die Küche in Montenegro kalt blieb, zog die Familie zurück in die Heimat, zurück nach Wien. Ende des ersten Krieges und in der Nachkriegszeit mussten viele Menschen Hunger leiden. Nikolaus erzählte Alice, wie er sich daran erinnern könne, dass seine Mutter in dieser schweren Zeit all ihren Schmuck verkauft habe. Ein Prachtstück nach dem andern und so ihre Familie durchbringen konnte.

Vielleicht hätte er die Erzählungen seiner Mutter für Hirngespinste gehalten. Doch der Schmuck sei real gewesen. Wie hätte eine einfache Köchin zu diesem gelangen können, wenn nicht durch Nikita, wie ihn seine Mutter genannt habe.

Alice schmunzelte in die Nacht hinein. Sie glaubte ihm kein Wort.

***

Elena erwacht. Sie blinzelt. Sonnenstrahlen stehlen sich durch die weissen Vorhänge. Heute würde sie nur im Jetzt leben, keine Reisen in die Vergangenheit, keine Recherchen. Ein Tag für sie ganz allein. Sie will versuchen, Eintrittskarten für die Spanische Hofreitschule zu ergattern. Nicht für eine offizielle Aufführung, nein, für das tägliche Training.

Sie nimmt die Strassenbahn bis zur Station Burgring, spaziert an der Nationalbibliothek und dem Eingang zur Besichtigung der Gemächer von Franz Josef und Elisabeth und der Sisi-Ausstellung vorbei und kommt zum Ticketverkauf für die Hofreitschule. Sie blickt nach links. Das Michaelertor mit seinem filigran verarbeiteten

Torbogen gibt den Blick frei auf den sternförmigen Michaelerplatz und den Kohlmarkt. Ein Sujet ihres Grossvaters. Das Bild hängt in ihrem Schlafzimmer.

Elena hat Glück. Nun steht sie auf der Empore und schaut den Reitern beim Training zu. Mit Walzerklängen von Strauss werden die Schritte und Drehungen geübt. Dabei ergibt sich noch keine gemeinsame Vorführung. Jeder trainiert für sich alleine. Elenas Blicke schweifen vom einen zum andern. Sie ist fasziniert ob diesem ungeordneten Treiben. Auch fasziniert, dass die Zuschauenden während des mehrstündigen Trainings kommen und gehen können, wie es ihnen beliebt. Plötzlich entdeckt sie eine Reiterin. Sie freut sich darüber, hat sie doch gelesen, dass es seit Anfang des 20. Jahrhunderts Frauen endlich gestattet ist, ebenfalls in der Spanischen Hofreitschule mitzureiten.

Elena verlässt die Hofburg. Sie will sich noch einen Wunsch erfüllen. Sie will das Haus der Musik besichtigen. Auf dem kurzen Weg dorthin kommt sie an einem Antiquariat vorbei. Der Inhaber verneigt sich vor ihr und meint galant:

„Gnä Frau", Sie wünschen?"

Der freundliche Mann zeigt Elena alle Werke ihres Grossvaters, welche er in vielen Jahrzehnten gekauft und gesammelt hat. Die meisten Sujets sind ihr bekannt. Nur eines fällt aus dem Rahmen. Es ist um ein Vielfaches grösser als die anderen und zeigt eine Innenansicht anstelle der üblichen Aussenansichten. Die Radierung zeigt das Innere des Stephandoms. Mit einer unbeschreiblichen Liebe für jedes winzige Detail erwacht die Kirche vor Elenas Augen zum Leben.

Kurze Zeit später verlässt Elena das Geschäft. In ihrer Hand das sorgfältig verpackte Gemälde.

Sie verpasst die Seitenstrasse, welche von der Kärntnerstrasse abgeht und zum Museum führt, läuft zurück und steht bald vor dem Eingang. Löst sich eine Eintrittskarte. Elena erwartet ein einzigartiges Erlebnis. Mit Hilfe eines Würfels kann ein Walzer komponiert werden. Note für Note wird gewürfelt, das Zufallsprinzip wählt die Notenlängen. Später schreibt Elena eine eigene kleine Komposition in Mozarts Stil. Die wichtigsten Komponenten finden sich im Computer, sie stellt sie zusammen. Weiter gibt es eine Etage, in welcher Klänge geformt und personalisiert werden können. Ein Riesenspass. Zu allerletzt kann Elena die Wiener Philharmoniker dirigieren. Die Musizierenden spielen zu ihrem Taktschlag. Als sie komplett aus dem Takt gerät, erhebt sich ein Geiger und schimpft sie aus. Elena hat Tränen in den Augen vor lauter Lachen. Im Museumsshop kauft sie sich die CD mit ihrer Mozartkomposition. Dann verlässt sie das Haus. Hier ist sie bestimmt nicht das letzte Mal gewesen.

Ein paar Schritte weiter betritt Elena ein Kaufhaus und fährt mit dem Lift bis ganz nach oben. Sie freut sich unbändig, als sie einen freien Tisch findet mit Direktsicht auf den Steffl. Das Clubsandwich ist ebenso gut wie Elenas Laune.

Anschliessend schlendert Elena zum Stephansplatz. Und nun muss es halt doch sein. Wie alle anderen Touristen setzt sie sich auf eine Terrasse mit Frontalblick auf den Dom. Sie bestellt sich einen Apérol Spritz und erinnert sich daran, wie sie mit dem Bruder ihrer Freundin vor ein paar Jahren genau hier gesessen und zum ersten Mal dieses Getränk getrunken hat. Damals hat es ihr nicht wirklich geschmeckt, heute nippt sie gerne daran.

So ganz lassen sich die Gedanken nicht vertreiben. Vor allem einer meldet sich immer wieder vorwitzig. Ihr Grossvater, der uneheliche Sohn von Nikola von Montenegro? Sie muss mehr erfahren, muss sich tiefer in die Materie einlesen. Elena steht auf und macht sich auf zu dem Buchladen von neulich. Die freundliche Dame bestellt einige Titel, welche thematisch passen könnten, für Elena zur Ansicht auf den nächsten Tag.

Beschwingt kauft Elena in einem Delikatessladen ihr Abendessen. Das gönnt sie sich heute. Sie entschliesst sich, den Weg in ihre Wohnung zu Fuss zurückzulegen.

***

Alice, Nikolaus und Annemarie waren schon viele Tage unterwegs. Es waren beschwerliche Tage, der Fussmarsch anstrengend. Der Zug der Menschen hatte sich gelichtet. Es war unmöglich, denselben Rhythmus für alle zu finden. Ab und zu fanden die Drei einen Kartoffelacker, wo sie sich bedienen konnten. Am Abend am Feuer brieten sie diese frisch geernteten Knollen. Manchmal trafen sie auf einen verlassenen Keller. Wenn sie Glück hatten, enthielt er Essbares wie ein Stück alter Käse, Kohlköpfe oder ein paar verschrumpelte Äpfel.

Und dann gab es die ganz kostbaren Momente. Da trafen sie auf Menschen, die Mitleid mit ihnen hatten. Sie wurden an den Familientisch und an die Wärme gebeten. Sie durften sich satt essen und auf einer Matratze oder im Heu schlafen. Manchmal blieben sie mehrere Tage, schlossen gar Freundschaft, versprachen einander, sich nicht aus den Augen zu verlieren, nach dem Krieg, wenn alles vorbei sei, sich wieder zu sehen.

Sie kamen nach Prachatice. Es war die erste grössere Ortschaft, auf welche sie trafen. Hübsch war es da. Eng kuschelten sich die Häuser an die Kirche. Alice bewunderte den Kirchturm. Viereckig *mit einem achteckigen Aufbau und einer grünen Kuppel. Von Weitem sah er beinahe wie ein Zwiebelturm aus. Da ein grosser Platz, eingesäumt von schmalen Häusern, kleine Geschäfte im Erdgeschoss. Annemaries Augen wurden immer grösser beim Anblick der Auslage einer Bäckerei. Alice' Herz schmerzte in ihrer Brust. Wie gerne hätte sie der Kleinen etwas gekauft.*

Die Drei gingen weiter auf Entdeckungsreise. Hinter der kleinen Stadt erstreckte sich ein lieblicher Landstreifen. Sanfte Hügel, sattes Grün. Sie bewegten sich darauf zu. Ein Bauernhof kam in Sicht. Ein Hund an der Kette, Hühner auf der Suche nach Körnern, ein Knecht am Brunnen. Nikolaus stellte seine Familie vor. Bat um etwas Brot, vielleicht sogar um einen Unterschlupf? Sie seien schaffige Menschen. Der Knecht holte den Gutsherrn. Dieser musterte Nikolaus, dann Alice, dann Annemarie. Nickte, meinte, er könne es mit ihnen versuchen, sein Knecht könne Hilfe gebrauchen. Zahlen könne er nichts, aber er würde ihnen eine Kammer zuweisen und sie hätten bei ihm immer genug zu essen, einfaches Essen, aber genug.

Eine Zentnerlast viel von ihren Herzen. Glücklich fielen sie sich in die Arme, bedankten sich überschwänglich beim Bauern.

Der Knecht zeigte ihnen ihre Kammer. Einfach, sauber, warm, drei Strohmatratzen auf dem Holzboden. Ein Wasserkrug, eine Schüssel, Handtücher, ein Nachttopf. Sie legten sich hin und schliefen augenblicklich ein. Sie hätten wohl ihr Abendbrot verschlafen, so müde waren sie, wenn sie die Gutsherrin nicht liebevoll geweckt hätte. Zufrieden schlürften sie die Kartoffelsuppe und assen vom noch lauwarmen selbstgemachten Brot. In jener Nacht schliefen sie tief und fest, das erste Mal seit vielen Nächten ohne das Grummeln eines hungrigen Magens.

***

Elena schmökert in den Büchern über Nikola den Ersten von Montenegro, welche die Buchhändlerin für sie bestellt hat. Schliesslich entscheidet sie sich für eines über die Geschichte des Fürstentums von Montenegro und einen Kunstreiseführer.

Elena setzt sich ins Kaffeehaus Hawelka. Leicht schummrig, Zeitungen an den Wänden, Aushänge und Poster. Rote Samtstühle und kleine Sofas. Sie denkt an Alice, ihre Grossmutter. Sie hat ihr immer von diesem Kaffeehaus vorgeschwärmt. Eine echte Wienerin gehe nicht ins Demel, nein, die gehe ins Hawelka.

Elena bestellt sich einen Topfenstrudel und eine Melange und beginnt zu lesen. Plötzlich stutzt sie, liest die Passage noch einmal:

„Elena war eine der Töchter von Nikola dem Ersten von Montenegro und seiner Ehefrau Milena. Sie wuchs mit ihren Geschwistern in Cetinje, der reizenden damaligen Hauptstadt auf. Sie wurde im russischen Kloster-Internat Smolny erzogen. Elena war eine intelligente Frau und studierte in Sankt Petersburg Politik und Philosophie.

1896 heiratete Prinzessin Elena von Montenegro in Rom den Kronprinzen Viktor Emanuel, Prinz von Neapel und einziger Sohn des ersten italienischen Königs Umberto der Erste. Sie gebar fünf Kinder, welche in verschiedene europäische Fürsten- und Königshäuser einheirateten.

Nach dem Tod ihres Schwiegervaters bestieg ihr Mann 1900 als König Viktor Emanuel der Dritte den italienischen Thron. Durch die Kolonialherrschaft wurde Elena nicht nur Königin von Italien, sondern später auch Königin von Albanien und Kaiserin von Äthiopien.

Als nach einem Erdbeben 1908 die Städte Messina und Reggio Calabria fast komplett zerstört wurden und 70.000 Menschen starben, half Königin Elena eher unkonventionell. Sie bot Porträtfotos von ihr, versehen mit ihrer Unterschrift, zum Verkauf an. Der Erlös diente zum Wiederaufbau der Städte. Dafür liebte die Bevölkerung ihre Königin.

Während dem ersten Krieg gehörte Elena zu den freiwilligen Krankenschwestern des Roten Kreuzes und gab die Villa Margherita als Lazarett frei. Später studierte sie gar Medizin, um der Bevölkerung noch besser helfen zu können.

1946 dankte ihr Mann zu Gunsten ihres Sohnes Umberto der Zweite ab und ging mit seiner Frau nach Alexandria ins Exil. 1950 wurde bei Elena Krebs festgestellt. Zwei Jahre später starb sie."

Elena schliesst das Buch. Welch eine Offenbarung. Und welch eine Frau! Sie ist mächtig stolz auf Nikitas Tochter. So stark, so human, so menschenfreundlich. Elena, ihre Namensvetterin, Elena, die Principessa di Montenegro. Elena, ihre Vorfahrin?

Elena braucht frische Luft. Sie beschliesst, dem Burggarten einen Besuch abzustatten. Sie spaziert den Kohlmarkt hinunter, durch die Hofburg und hält sich dann links. Nach wenigen Schritten gelangt sie zum Eingang des Parks. Kaum drin, begrüsst sie Wolfgang Amadeus Mozart. Kühn, fast arrogant blickt er auf sie von seinem Sockel herunter. Elena liebt seine Musik.

Schon als Kind hat sie sich in den Tamino aus der Zauberflöte verliebt.

Es zieht sie weiter. Vorbei an einem verwunschenen Bach, vorbei an spielenden Kindern und herumfläzenden Jugendlichen. Es zieht sie in das Palmenhaus. Inmitten der Gaststätte wachsen Palmen aller Arten, es riecht tropisch, riecht nach Ferne. Die Limonade erfrischt sie.

Heute Abend ist Elena beim Bruder ihrer Freundin zum Abendessen eingeladen. Sie fährt zu ihm, kauft im Meiselmarkt noch schnell zwei Flaschen Wein. Nur wenige Schritte weiter, sie klingelt. Auch er wohnt im obersten Stockwerk. Etwas ausser Atem kommt Elena an. Eine herzliche Begrüssung. Sie wird hereingebeten. Ihr gefällt die Wohnung. Hohe Räume, Parkett. Beim Apéro erzählt sie von ihrem Tag. Vor allem davon, was sie herausgefunden hat. Über Elena, die

Prinzessin. Er hört ihr interessiert zu, ab und zu muss er kichern.

Es gibt Wienerschnitzel. Hauchdünn, genauso, wie es sein muss. Dazu Erdäpfel-Vogerlsalat. Elenas Wein dazu. Himmlisch. Das Leben ist schön, findet sie.

**

Alice war nun schon einige Tage auf dem Bauernhof. Manchmal dachte sie fast, sie sei glücklich. Der Krieg schien hier so weit weg. Rosa auch.

Ihre Aufgaben waren vielseitig. Nach den Essen oblag es ihr, abzuwaschen und die Küche sauber zu halten. Sie fütterte die Hühner, holte die Eier. Sie war geschickt. Nur ganz selten pickte ihr eines der Tiere, welches mit dem Raub nicht einverstanden war, in den Finger. Sie schüttelte

die Kissen, machte die Betten. Half im Garten,
brachte den Kühen das frisch gemähte Gras.
Dazwischen spielte sie mit Annemarie und den
Kindern vom Gut.

Es schien fast so, als hätten sie und Nikolaus
die Krise überwunden. Er war lieb zu ihr, sagte ihr,
wie schön sie sei. Wie sehr er sie liebe. Sie
versuchte zu vergessen, versuchte einen
Neuanfang.

Am Sonntag machte die kleine Familie immer
eine gemeinsame Wanderung. Die Gegend war
ideal dazu. Die sanft geschwungenen Hügel
stellten für Annemarie kein Problem dar. Und
wenn sie trotzdem müde wurde, nahm sie der
Vater Huckepack. Bald waren sie im Wald. Alice
fand ihn wunderschön. Waldwege, versehen mit
Wurzeln und Steinen, grünes Moos, Farne.
Bächlein, die an den Wegen entlangplätscherten.
An verwunschenen Plätzchen machten sie Rast,

assen die mitgebrachten Brote, tranken Milch dazu. Spielten mit Annemarie Fangen, schnitzten mit ihr Schiffe, welche auf dem Bach fröhlich davontanzten. Wenn sie ganz übermütig wurden, stimmten sie ein Lied an. „Es war im Böhmerwald, wo meine Wiege stand."

Wenn Alice alleine war, setzte sie sich auf die Bank hinter dem Haus. Sie liess ihre Gedanken wandern. Wandern zu ihrem fernen Kind. Schon so lange hatte sie nichts mehr von ihm gehört. Wie es ihm wohl ging? Tränen tropften auf ihre Schürze, sie weinte leise vor sich hin.

Dann kam die Kunde. Der Krieg sei vorbei, der Führer tot. Alle fielen sich in die Arme, weinten Tränen der Erleichterung, Tränen der Freude. Es wurde ein Fest gefeiert. Der Gutsherr spendierte zwei Kaninchen, dazu gab es gebratene Kartoffeln und sauren Most.

Alice hatte Angst. Nun müssten sie wohl nach Wien zurückgehen. Sie würde diesen Ort hier schrecklich vermissen. Würde das Leben hier, die Familie vermissen. Tief in sich spürte sie auch, dass sie Nikolaus, so wie sie ihn hier erlebt hatte, in Wien nicht mehr wiederfinden würde.

Alice fragte sich, wie es sein würde. Wie sah die schöne, geliebte Stadt aus? Was war von ihr übrig geblieben? Konnten sie zurück in ihre Wohnung? Wie würde das Leben mit fremden Soldaten? Würde es genug zu essen geben? Und was war mit Rosa? Frage um Frage, keine konnte sie beantworten.

Sie durften noch ein paar Tage bleiben. Dann ging es zurück. Sie versuchten, dieselben Wege wiederzufinden, auf welchen sie gekommen waren. Oft gelang es ihnen und sie klopften an den vertrauten Türen an, wurden hereingelassen, durften dann an der Wärme schlafen. Es gab aber auch die Momente, in denen ihnen drohte, die Erde unter den Füssen zu verlieren. Dann, wenn sie dort, wo sie so herzlich empfangen worden waren, nur noch Schutt und Asche fanden.

Irgendwann kamen sie an. Beim Anblick der geliebten Stadt schluchzten sie hemmungslos. Später würden sie erfahren, Wien habe es nicht so schlimm getroffen wie andere Städte. Für sie aber war es einfach nur schrecklich. Die grössten Schäden in der Innenstadt entstanden gegen Ende des Krieges. Die Oper wurde zerstört, starke Beschädigungen am Stephansdom, dem Kunsthistorischen Museum, dem Burgtheater und in der Kärntnerstrasse mussten beklagt werden.

Doch ihre Wohnung stand noch. Ihre Habseligkeiten fanden sie vor. Sie mussten sich wohl glücklich schätzen. Die Familie richtete sich, so gut es ging, ein. Ihr neues altes Daheim war kein Vergleich mit dem Gutshof, doch plötzlich wurde die damals so ungeliebte Bleibe als ganz passabel befunden.

Nikolaus vertiefte sich wieder in seine Kunst. Mit viel Fingerspitzengefühl fertigte er neue Radierungen an. Er hatte Erfolg. Immer mehr seiner Kunstkarten konnten in die Tabakläden geliefert werden. So kam es, dass Alice immer mehr half, sie kolorierte unzählige seiner Meisterwerke. So kam es, dass Nikolaus entschloss, es müsse ein Kindermädchen für Annemarie her. Diese könne tagsüber auf das Kind aufpassen.

So kam es, dass sie kam. Anna.

***

Bevor Elena Frühstücken geht, telefoniert sie ausgiebig mit ihrem Freund. Es sprudelt nur so aus ihr heraus. So viel hat sie ihm zu erzählen.

Als die Sprache auf ihre Namensvetterin, Elena von Montenegro, Tochter Nikolas dem Ersten, fällt, lacht dieser laut heraus. „Ja klar, meine kleine Prinzessin auf der Erbse, muss ich mich nun vor dir verneigen? Wann wirst du den Thron besteigen?"

Etwas gekränkt beendet Elena das Gespräch. Sie wundert sich über ihre Gefühle. Warum ist sie eingeschnappt? Ist nicht alles bloss Phantasterei? Weshalb aber fühlt sie diese Verbindung zu Elena? Ist es einfach nur Bewunderung für jene Frau? Oder stimmt die Erzählung ihres Grossvaters doch? Das Ganze lässt Elena keine Ruhe. Sie googelt. Ein Flug nach Cetinje würde etwas mehr denn eine Stunde dauern. Mit einem Mietwagen müsste sie mit zwei Tagen rechnen.

Elena sitzt in ihrem Kaffeehaus. Sie versucht, ihre Gedanken ziehen zu lassen und konzentriert sich auf ihre Semmel. „Nur keine Krausbirnen wachsen lassen", hätte ihre Grossmutter jetzt gesagt. Also schmiedet Elena Pläne für den heutigen Tag. Wienerische Pläne. Der Himmel ist bewölkt, es sieht sogar nach Regen aus. Genau das richtige Wetter, um ins Museum zu gehen.

Elena betrachtet Egon Schieles „Selbstbildnis mit Lampionfrüchten". Dabei interessiert es sie momentan nicht so sehr, dass es heute zu seinen bekanntesten Werken gehört. Auch nicht, dass er, als er 1918 mit nur 28 Jahren an der Folge der Spanischen Grippe in Wien gestorben ist, bereits als der legitime Nachfolger von Gustav Klimt gegolten hat. Sein Blick fasziniert sie. Meisterhaft gelungen. Er schaut sie an, direkt in ihre Augen. Sie lässt es zu, setzt sich und gibt sich ganz dem Moment hin. Dann schlendert sie weiter durch die Ausstellung. Keines der Bilder vermag sie wie eben in seinen Bann ziehen.

Sie hätte sich gerne auf dem Museumsplatz in eine der blauen Plastikbänke gelegt. Doch als sie das Museum verlässt, schüttet es in Strömen. Und sie ist natürlich, trotz Vorahnung, ohne Schirm unterwegs. Sie macht sich auf in den Museumsladen. Bei jedem Wienbesuch muss das einmal sein. Sie schaut sich einige Ausstellungskataloge an, Taschen mit einem Wien-Logo, Tassen in vielen verschiedenen Grössen und Formen, Postkarten, Teigwaren in Form des Stephandoms, Schals und Regenschirme. Elena entscheidet sich für einen Knirps mit der Aufschrift „I steh auf Wien" und für zwei kleine, bauchige Espressotassen aus der Friedensreich Hundertwasser Kollektion.

Elena verlässt das Museumsquartier und spaziert zum Theresien-Platz mit den Zwillingsmuseen, dann weiter zum Rathaus. Dort nimmt sie die U-Bahn zum Reumannplatz. Sie hat zwar keinen Regenschirm eingepackt, als sie am

Morgen ihre Wohnung verlassen hat, dafür aber ihren neu erstandenen, bunten Schwimmanzug.

Das Amalienbad hat sie bei ihrem letzten Besuch in Wien kennen gelernt. Es ist in den Dreissigerjahren entstanden. Bei seiner Eröffnung hat es mit einer Besucherkapazität von 1300 Badegästen zu den grössten Bädern Europas gezählt.

Im Amalienbad fühlt sie sich auch ohne das Prädikat von Montenegro wie eine Prinzessin. Das Hallenbad strömt historisches Flair aus. Elena wird eine Umziehkabine zugewiesen. Eine auf der zweiten Galerie. Eine nur für sie allein. Sie betritt sie, zieht rasch ihren Badeanzug an, nimmt das geliehene Badetuch, verlässt die Kabine, verschliesst sie. Auch dieses Mal verschlägt es ihr die Sprache. Von hoch oben hat sie den Blick frei ins Schwimmerbassin. Sie betrachtet die

Rundbögen über den Kabinen, bestaunt die kolorierte Glaskuppel.

Elena schwimmt einen Kilometer, wie immer. Gedankenfetzen fliegen an ihr vorbei. Ein paar lässt sie ziehen, andere hält sie fest. Einer kristallisiert sich heraus. Sehr deutlich. Sie will nach Montenegro. Sie möchte einen Teil ihrer Tage in Wien dafür drangeben. Gleich morgen wird sie eine Autovermietung anrufen.

Am Abend ruft sie ihren Freund an. Dieser ist wie sie Lehrer und hat Ferien. „Hast du Lust, mit mir nach Montenegro zu fahren? In drei Tagen geht es los." Christian sagt zu. Einfach so. Einer der vielen Gründe, weshalb sie ihn liebt.

Beschwingt trällert sie ein Lied, tänzelt durch die Wohnung. Sie freut sich auf die Reise. Sie freut sich, mit eigenen Augen zu sehen, wo ihre Urgrossmutter einst gearbeitet und wie Nikola von

Montenegro mit seiner Familie gelebt hat. Ganz besonders freut sie sich, bald auf Elenas Spuren zu wandeln.

Nicht sehr wienerisch, sie gibt es zu. Aber schnell und einfach. Elena bestellt sich eine Pizza. Mit Lachs und Zwiebeln. Dazu eine kleine Flasche Primitivo. Es klingelt. Mist. Elena hat ganz vergessen, dass diese Wohnung keinen automatischen Türöffner besitzt. Also schnappt sie sich ihren Geldbeutel und trabt die vielen Stufen runter, alsbald wieder rauf.

Sie setzt sich an den Tisch im Wohnzimmer, öffnet das Fenster, zieht die noch warme Abendluft ein, öffnet ihre Pizza, öffnet den Reiseführer über Montenegro, den sie gekauft hat. Sie vertieft sich in die Fotos, in die Beschriebe. Holt sich ein Blatt Papier und schreibt auf, was sie alles sehen möchte.

1) Cetinje, Montenegros historische Hauptstadt
2) Die mittelalterliche Altstadt von Kotor
3) Die Bucht von Kotor
4) Nationalpark Biogradska
5) Njegoš-Mausoleum auf dem Lovćen
6) Podgorica Montenegros Hauptstadt

***

Anna kam. Sie war jung. Alice schätzte sie auf knapp zwanzig Jahre. Anna war keine absolute Schönheit. Man sah aber gerne in ihre Augen, aus denen der Schalk sprang, betrachtete mit Freude ihre dunklen Haare, die sich lustig kringelten.
Anna war heiter. Es schien, als hätte der Krieg bei ihr keine Spuren hinterlassen.

Anna und Annemarie wurden schnell ein gutes Team. Sie hatten viel Spass miteinander. Anna hatte immer eine Idee, was sie unternehmen könnten. Sie brachte Annemarie den Purzelbaum bei. Unermüdlich drehte sich das Mädchen um sich selbst und kicherte dabei unbeschwert. Anna zeigte Annemarie, wie aus altem Zeitungspapier Flugzeuge entstehen konnten. Sie übte mit Annemarie von 1 bis 100 zu zählen. Annas Gesang begleitete die Beiden beim wilden Tanz durch die Küche. Und Anna konnte Geschichten erzählen. Jeden Abend, wenn das Kind brav und ohne zu murren in sein Bett gekrochen war, erzählte ihm Anna eine Gutenachtgeschichte. Hingebungsvoll hingen Annemaries Augen an ihren Lippen, sie konnte nie genug bekommen.

Alice mochte Anna. Sie war froh, dass ihre Tochter das Kindermädchen so schnell ins Herz geschlossen hatte. Anna war eine grosse Entlastung im Alltag. Mit ihrem Lachen, welches sie oft hervorholte, steckte sie alle an.

Nikolaus mochte Anna auch. Schnell hatte die Jüngere Rosa aus seinen Gedanken verdrängt. Trotz aller Versprechen, die er seiner Frau im Böhmerwald gegeben hatte, wollte Nikolaus Anna erobern. Er redete sich ein, dass er halt ein Lebemann sei, dass ihm ein Abenteuer zustehen würde. Er redete sich ein, dass er als Künstler eine Muse bräuchte, um sich zu inspirieren. Und schliesslich würde er genug für seine Familie krampfen, da sei ihm wohl eine Abwechslung gegönnt.

Er umwarb Anna. Machte ihr kleine Komplimente. Schenkte ihr eine besonders schön gelungene Radierung, brachte sie mit seinem „Küss die Hand gnä' Frau" zum Lachen. Als wäre es rein freundschaftlich, legte er ihr den Arm um die Schulter, bedankte sich überschwänglich für ihre Dienste. Es kam auch vor, dass er Anna in den Park begleitete. Er schaute ihr zu, wenn sie mit seiner Tochter spielte.

Für Anna war auch das mit ihm nur ein Spiel. Sie spürte, dass er sie begehrte, das gefiel ihr. Sie spielte dieses Spiel gut. Manchmal kam sie ihm näher, fasste gar nach seiner Hand. Dann wieder stiess sie ihn vehement weg von sich, im Wissen, seine Bemühungen nun umso mehr angestachelt zu haben.

Eines Tages liess sie es geschehen. Sie liess sich in den Arm nehmen. Er streichelte ihr Haar, hielt sie ganz fest, gab ihr zögerlich einen Kuss.

Alice betrat die Küche. Sah ihren Mann mit Anna. Was sie bis anhin versuchte, als kleine, harmlose Schmeicheleien abzutun, wurde nun zur bitteren Wahrheit. Sie räusperte sich. Die beiden Ertappten flohen auseinander. Anna beteuerte, dass sie das nie gewollt habe. Dass es nie wieder vorkommen würde. Alice solle sie bitte nicht fortschicken. Sie liebe die Tage mit Annemarie doch so sehr.

Nikolaus schwieg. Keine Entschuldigung brachte er über seine Lippen. Es war ihm zwar unangenehm, dass seine Frau in die Szene geplatzt war. Doch wollte er keineswegs auf Anna verzichten. Sie machte ihn so lebendig, er brauchte sie.

Alice ging. Ging aus der Küche, ging aus der Wohnung, ging weg aus Nikolaus Leben. Nie wieder wollte sie sich demütigen lassen, sie wollte diesen grossen Schuft nie wiedersehen.

***

Elena wacht früh auf. Sie hat nicht gut geschlafen. Immer wieder ist sie aus ihrem Traum aufgeschreckt. Ein abgefahrener Traum. Sie ist durch das All geflogen, hat wilde Kapriolen gemacht, ist vor einem golden schimmernden Thron gelandet. Dann plötzlich auf diesem Thron im rosa Tüllkleidchen gesessen. Unter sich ihre

Untertanen: Tausende von Schildkröten, welche um sie herumgewuselt sind. Eine Gestalt hat sich ihr genähert, anmutig und stolz.

Christian ruft an. Vorfreude in seiner Stimme. Er komme morgen früh mit dem Zug in Wien an. Es habe halt leider nur noch einen Platz im Schlafwagen gegeben, nun müsse er Armer in einem Einzelabteil reisen. Sie müssen beide ob dieser Ironie lachen, freuen sich aufeinander, legen auf.

Für heute hat sich Elena viel vorgenommen. Sie will mit dem Schiff nach Bratislava. Vor einigen Jahren ist sie bereits mit ihrer Tochter in der Hauptstadt der Slowakischen Republik gewesen, welche auch Schönheit an der Donau genannt wird. Dieser Beiname ist keineswegs übertrieben.

Elena kauft sich das Überfahrtsticket nicht am Schwedenplatz, der Schiffstation und dem Anlegeplatz von Wien. Sie sucht den winzig kleinen Laden, in welchem sie damals ihre Tickets für die Hälfte des Preises gekauft hat. Es dauert ziemlich lange, denn sie kann sich weder an den Namen des Geschäfts noch an den Strassennamen erinnern. Nur noch die ungefähre Richtung ist ihr in Erinnerung geblieben. Endlich wird sie fündig. Sie kauft sich ihr Billett und freut sich unbändig über den tiefen Preis. Er beträgt wiederum nur die Hälfte. Dann begibt sie sich an eine kleine Anlegestelle an der Donau.

Die Überfahrt dauert knapp zwei Stunden. Elena bestaunt die Gegend, blickt in das dunkle Blau der Donau, lässt sich die Haare aus dem Gesicht wehen und tankt Sonne.

In der Stadt angekommen, macht sich Elena zu Fuss zur Burg hinauf. Sie hätte auch den

Touristenzug nehmen können, verzichtet heute jedoch darauf. Etwas ausser Atem geniesst Elena die traumhafte Aussicht von dort oben auf die Stadt und den Fluss.

Elena betritt die Altstadt durch das Michaelertor. Das gibt es also auch hier. Sie schlendert durch die romantischen Gässchen, schaut den Strassenmalern zu, erinnert sich, wie sich ihre Tochter ein Bild hat malen lassen. Bratislavas Silhouette schwarz gesprayt, ein Kind, welches den roten Ballon fliegen lässt. Und sie fragt sich, wer wohl zuerst die Idee dazu gehabt hat, jener Strassenkünstler oder Banksy?

Es ist nicht einfach, einen freien Tisch zu ergattern. Vor allem nicht, wenn man wie Elena draussen sitzen möchte. Eine freundlich wirkende, ältere Dame mit Rüschenbluse winkt sie zu sich heran. In gebrochenem Englisch lädt sie sie ein, sich zu ihr zu setzen. Elena nimmt dankend das

Angebot an und lässt sich von der Bedienung beraten, was sie bestellen könnte.

Die Brimsennockerln schmecken vorzüglich. Die aus Kartoffelteig und Schafsfrischkäse zubereiteten und mit gebratenem Speck bestreuten Klösse zergehen auf der Zunge. Dazu wird knackiger grüner Salat serviert. Himmlisch.

Elena findet den Laden, welcher ihr so gut von der letzten Reise in Erinnerung geblieben ist. Von Wollsocken zu kitschigen Plastikblumen, von handgefertigtem Geschirr bis zu Wanduhren mit flippigem Design, alles ist zu haben. Elena ist entzückt ob den winzigen schiefen Espressotassen mit der dunkelbraunen Glanzglasur, die muss sie haben. Auch ersteht sie Socken für Christian, verziert mit der Burg. Sie kichert. Er wird sie schrecklich finden, irgendwo hinlegen. Irgendwann würde sie sie dann tragen.

In Wien zurück, schlendert Elena Richtung Schwedenplatz, so benannt aus Dankbarkeit an die Schweden, welche nach dem ersten Weltkrieg viele österreichische Kinder zu sich geholt haben, um sie aufzupäppeln. Sie sucht ein bestimmtes Beisl, welches sie von früheren Besuchen kennen und schätzen gelernt hat.

Elena erinnert sich an einen der Besuche: Ihr Sohn, im zarten Alter von etwa fünf Jahren, hat hier dem Chef erklärt, er wolle eine Bratwurst essen. Die Antwort hat gelautet, dass so etwas in einem wienerischen Lokal leider nicht auf der Menükarte stehen würde. Aber Weisswürste hätten sie. Elenas Sohn hat ernsthaft genickt und den Vorschlag angenommen. Die sechs servierten Würste sind innert kürzester Zeit ratzeputz verschlungen worden. Elena grinst in sich hinein.

Nach einer Zusatzschlaufe findet sie das Restaurant, setzt sich in den gemütlichen Garten, bestellt ein Bier und ist mit sich und der Welt zufrieden.

***

Alice nahm den grössten Koffer. Annemaries und ihre Kleider, je ein Paar Ersatzschuhe, eine Puppe, ein Springseil, eine warme Decke und etwas Proviant wanderten hinein. Sie holte das gemeinsam gesparte Geld aus seinem Versteck unter der Matratze, zählte die Scheine, teilte sie gerecht in zwei Hälften. Sie betrachtete die beiden Geldhäufchen, dachte kurz nach, nahm zwei Scheine von dem seinen und legte sie zu dem ihren. Dann verliess sie mit ihrer Tochter die Wohnung.

Sie fuhren zum Bahnhof und erkundigten sich, wie sie in die Schweiz gelängen. Eine Nacht mussten sie – wie viele andere - im Bahnhof übernachten. Alice sass auf dem harten Boden, den Rücken an die Wand gelehnt, Annemarie in ihren Armen. Die Decke umhüllte sie beide und hielt sie warm. Das Mädchen schlief ein, Alice wachte über sie.

Am folgenden Morgen mussten sie ein zweites Mal anstehen, um eine Fahrkarte kaufen zu können. Endlich war Alice an der Reihe. Sie erschrak, als ihr der Preis genannt wurde. Viel blieb da nicht übrig. Und wieder hiess es, sich in eine Warteschlange zu stellen. Sie mussten die Kontrolle passieren. Alice sah, dass es sowjetische Soldaten waren. Ihre Knie zitterten, die Lippen bebten vor Angst. Doch fest hielt sie Annemaries Hand, fest schaute sie dem Soldaten in die Augen, zeigte ihm ihre Papiere.

Er war zufrieden und liess sie durch. Alice kamen die Tränen. Sie war erleichtert. Gleichzeitig *sehr traurig. So viel liess sie zurück. Ihren Mann,*

den sie im Grunde immer noch liebte,

Freundinnen und Freunde, ihre Stadt. Mit einem

Mal aber stieg unbändige Freude in ihr auf. Sie

musste sich an einer Barriere festhalten, um nicht

zu fallen, so sehr durchzuckte sie die Erkenntnis.

Bald, so bald würde sie ihren Buben wiedersehen.

Nach all den Jahren der schmerzlichen

Entbehrung konnte sie ihn wieder in ihre Arme

schliessen.

Alice und Annemarie wurde ein Platz

zugewiesen. Einer für beide. Das machte ihnen

nichts aus. Im Gegenteil, es gab ihnen Trost und

Geborgenheit. Durch den Zug ging ein Ruck,

langsam fuhr er an. An den Fenstern flogen

schreckliche Bilder vorbei. Zerbombte Häuser,

Krater dort, wo Strassen waren. Alice hatte Mühe,

nach der durchwachten Nacht die Augen offen zu

halten, nickte ab und zu ein, schreckte wieder

hoch, vergewisserte sich, dass ihre Tochter auf

ihrem Schoss sass, der Koffer auf der Ablage lag.

In Linz mussten sie aussteigen. Wiederum

wurden sie von Soldaten kontrolliert. Dieses Mal

waren es französische. Unwirsche Stimmen

forderten sie auf, ihre Ausweispapiere zu zeigen,

den Koffer zu öffnen. Die Lebensmittel, welche

Alice eingepackt hatte, wurden konfisziert.

Fassungslos starrte Alice den Mann an, der

ungerührt ihren Proviant an sich nahm. Ihre Wut

unterdrückend bat Alice in ihrem Schulfranzösisch

darum, wenigstens dem Mädchen die Semmel zu

überlassen. Ein Funken Menschlichkeit flammte in

den Augen des Soldaten auf. Er drückte

Annemarie die Semmel in die Hand.

Dann wurden sie durchgewinkt und in einen

anderen Zug verfrachtet. Dort gab es keinen

Sitzplatz mehr für sie. Zuerst schauten sie aus

dem Fenster im Gang. Überall dasselbe

Trauerspiel. Chaos, Zerstörung. Dann setzten sie

sich auf den Koffer und schmiegten sich eng

aneinander. Der Zug holperte über die Schienen,

es half, wach zu bleiben. Alice erhaschte einen

vorwitzigen Gedanken, hielt ihn ganz fest: So wie

sie eben dafür gesorgt hatte, dass Annemarie ihre

Semmel wiederbekam, so würde sie auch in

Zukunft für ihre beiden Kinder sorgen. Sie würde

alles schaffen, das schwor sie sich.

Die vielen Stunden kamen ihnen wie eine

Ewigkeit vor. Dann hielten sie an. Alice erhob sich

und schaute aus dem Fenster. Sah Soldaten, sah

einen Grenzübertritt. Darüber ein rotes Viereck mit

einem weissen Kreuz. Sie hob ihr Kind hoch und

juchzte aus vollster Kehle raus. Sie waren zurück

in ihrer Heimat, zurück in der Schweiz.

***

Elena öffnet ihren Mailaccount. Sie findet eine

Zusage der Autovermietung. Am nächsten

Morgen stehe ihr Auto ab sechs Uhr am Kärntnerring bereit. Sie freut sich. Es hat geklappt und sie erhalten ein Cabriolet. Elena sieht sich schon vor ihrem inneren Auge mit einem roten Schal, kunstvoll um den Kopf geschlungen wie Grace Kelly, die Welt erobern. Nun, vielleicht nicht die Welt, aber Montenegro.

Wien Westbahnhof. Elena wartet auf die Einfahrt des Nachtzuges. Sie erspäht Christian, winkt, eilt zu ihm und schmiegt sich in seine Arme. „Riechst du es auch? Dieser Geruch nach Heimat?". Er lächelt, schüttelt den Kopf und nimmt ihre Hand.

Obwohl Christian in seinem Einzelabteil schon zwei Semmeln mit Käse und Konfitüre gegessen hat, teilt er mit, dass er schon noch etwas Platz für ein zweites Frühstück habe. Eines mit einer Eierspeise.

Eine Stunde später treffen sie in der Wohnung ein. Christian macht sich frisch. Gross auspacken will er nicht, es gehe ja morgen bereits wieder los. Elena verkündet, dass dieser Tag nur ihm gehöre. Er dürfe wünschen, was sie unternehmen würden.

Er wünscht sich Schönbrunn. Sie entscheiden sich für die längere Anreise mit der Strassenbahn. Arm in Arm spazieren sie durch die wenig attraktive Gegend zum Schloss. Entlang der Hauptstrasse, entlang von gelblich gestrichenem Gemäuer. Links um die Ecke. Einmal mehr bleibt das Herz für einen Augenblick stehen. Der Anblick des Schlosses ist einzigartig. Rechts von ihm Kaiser Franz Josefs ganzer Stolz, sein Rosengarten. Betörend der Duft der unzähligen Sorten.

Hinter dem Schloss erwarten sie schöne Rabatte, Grasflächen und Springbrunnen. Vor ihnen, in einiger Distanz, schaut die Gloriette auf sie hinab. Dort soll schon der Kaiser gerne gefrühstückt haben. Sie beide entscheiden sich jedoch für ein Glas kühlen Weisswein und freuen sich ab der schönen Aussicht über den Park und über Wien. Freuen sich, dass sie wieder beisammen sind.

Anschliessend möchte Christian den Tiergarten besuchen. Dieser befindet sich ebenfalls auf dem Schlossgelände. Er ist der älteste Zoo der Welt.

Besonders lange stehen sie vor dem Tigergehege. Ein riesiges Terrain mit blickdichtem Wald, einer Lichtung, einem See. Lange tut sich nichts. Dann, plötzlich, springen zwei Tiger aus dem Dickicht aufeinander zu und platschen in den See. Wasser spritzt auf. Die beiden grossen Tiere toben spielerisch weiter, als wären sie alleine auf der Welt. Eine Szene, die in Erinnerung bleiben wird, da sind sich Elena und Christian sicher.

Christian will in den Südamerika-Park. Dort leben Tiere, welche auch im Freiland zusammen vorkommen: Grosser Ameisenbär, Wasserschwein, Tapir, Seriema und Nandu bilden eine tierische Wohngemeinschaft. Der Ameisenbär ist wirklich gross. Elena schätzt ihn auf zwei Meter lang. Er ist lustig anzusehen mit seiner langen Nase. Vor sich hin schnuppernd kommt er ein paar Schritte näher, um dann sogleich lautlos davonzuhuschen.

Später legen sie sich auf die grünen Wiesen zwischen Schlosspark und der Gloriette. Dort ist es erlaubt, was man an den vielen Menschen sieht, die dieselbe Idee gehabt haben.

Beim Neptunbrunnen setzen sie sich in ein Park-Kaffee und lassen den Ausflug bei Hendlhax'n und Pommes zu Ende gehen.

***

In Buchs wechselten sie erneut den Zug. Dieses Mal erhielt jede einen eigenen Platz. Annemarie war ganz aufgeregt. Vor allem war sie unendlich neugierig auf ihren unbekannten Bruder. Etwas Angst beschlich sie auch. Wie würde es sein? Je näher sie Basel kamen, umso mulmiger wurde ihr. Alice konnte kaum mehr stillsitzen. Sie freute sich unbändig auf Wolfgang. Aber auch sie hatte Angst. Wie würde das Wiedersehen sein? Wäre da gleich grosse Vertrautheit und Wärme oder eher Zurückhaltung und Distanz? Auch vor den wohl unvermeidlichen Vorhaltungen ihrer Eltern bangte es sie.

St. Johann oder wie die Bewohner des Basler Quartiers es liebevoll nannten, Santihans. Alice und Annemarie standen vor der Wohnung, in welcher Alice gross geworden war. Zaghaftes Klingeln. Noch einmal, dieses Mal etwas forscher. Die Türe ging auf. Die Mutter stand da. Schaute sie an, ohne Regung. Dann ging ein Rucken über ihr Gesicht. Ein warmes Strahlen breitete sich aus. Sie ging in die Knie und breitete die Arme aus, drückte das ihr unbekannte Grosskind an sich, küsste es auf den Haarscheitel. Annemarie liess es geschehen. Scheu schmiegte sie sich an die fremde Frau. Diese erhob sich, nahm Alice' Gesicht in beide Hände, schaute ihr lange in die Augen und schloss sie dann in die Arme. Ganz fest, als wolle sie ihre Tochter nie wieder loslassen. Dann ein heiseres erstes Wort: Wolfgang.

Wolfgang sass im Zimmer. Längst hatte er sich Gedanken gemacht. Doch er kam noch zu keinem Schluss. Wer bloss stand da in der Türe? Weshalb sprachen sie nicht? Er folgte dem Ruf seiner Grossmutter und betrat zögerlich den Gang.

Er erkannte sie sofort. Von den Fotos, die er im Zimmer aufgestellt hatte. Aber auch, weil sein

*Herz einen Purzelbaum schlug. Er trat zu Alice,
gab ihr die Hand. Noch war es zu früh für
Umarmungen. Auch wenn es schmerzte, Alice
konnte es gut verstehen, wollte Wolfgang zu
nichts drängen. Dieser gab auch Annemarie die
Hand. Er forschte in ihrem Gesicht nach
Ähnlichkeiten. Fand sie. Das reichte ihm fürs
Erste.*

*Polternd kam der Vater heim, was war denn
da los? Er erwartete keinen Besuch. Beinahe
verschluckte er sich an seinen eigenen Worten,
als er die Heimkehrenden erkannte. Hustend
nahm er die Hand seiner Tochter in die seine und
streichelte ihre Wange. Eine einsame Träne löste
sich von seinen Wimpern. Dann hob er das
Mädchen hoch und kitzelte es, bis es laut zu
quietschen begann.*

***

6.00 Uhr. Kärntnerstrasse. Elena und Christian warten vor der Autovermietung. Sie ist geschlossen. Elena schimpft. Sie Morgenmuffel hat sich in aller Herrgottsfrühe aus den Decken gekämpft und nun das. Sie rufen die Hotline an. Eine verschlafene Stimme meldet sich.

Eine Stunde später starten die beiden in ihr Abenteuer. Der Vermieter hat sich tausendmal entschuldigt und ihnen ein Upgrade gewährt. Nun sitzen sie in einem Chevrolet Impala, weiss, mit roten Ledersitzen. Elena drapiert ihren roten Schal um ihren Kopf, streckt die Arme in die Luft und fühlt sich unendlich gut.

Christian sitzt am Steuer. Er freut sich wie ein Honigkuchenpferd. Solch ein Auto zu fahren ist wonniglich.

Nach vier Stunden erreichen sie Zagreb, die im Nordwesten von Kroatien gelegene Hauptstadt.

Sie bummeln durch die schönen Strassen, bewundern die Häuser in österreichisch-ungarischer Architektur und die Kathedrale mit den Zwillingstürmen. In der Fussgängerzone mit den vielen Strassenkaffees finden sie ein schnuckeliges, kleines Lokal. Sie bestellen das Tagesmenü und lassen sich das Lamm am Spiess schmecken. Nach einem starken Espresso geht die Fahrt weiter.

Knappe drei Stunden später erreichen sie Zadar. Die Stadt liegt an der dalmatinischen Küste. Sie ist vor allem bekannt für die römischen und venezianischen Ruinen in der auf einer Halbinsel gelegenen Altstadt. Der Reiseführer hat nicht zu viel versprochen. Zadar ist bezaubernd. Hier wollen Christian und Elena den Tag ausklingen lassen und die Nacht verbringen.

In der ersten Reihe am Meer finden sie ein verwunschenes Häuschen mit der Aufschrift

„Alma, B&B". Die schrullige Hausdame stellt sich als eben diese Alma vor. Sie zeigt ihnen ihr Zimmer, erinnert sie daran, ja rechtzeitig am nächsten Tag zum Frühstück zu erscheinen und verabschiedet sich. Elena und Christian grinsen breit. Blumen. Überall Blumen. Die Tapete geblümt, die Bettwäsche geblümt. Ebenso die Duschtücher, die Nachttischlampen und sogar das WC-Papier. Nur schade, dass all die Blumen keinen betörenden Duft von sich geben. Kichernd werfen sie sich aufs Bett, sinken in der viel zu weichen Matratze ein und prusten laut los.

Später sitzen sie zufrieden am Strand. Essen ihre belegten Brote, trinken dazu einen Rotwein und blicken berauscht über das Meer.

Sie erscheinen zehn Minuten zu früh am Frühstückstisch. Alma schaut sie wohlwollend an. So gefällt's ihr, so soll es sein. Sie tischt traditionell mediterrane Kost auf:

Frischgebackenes, noch warmes Brot mit verschiedenen Marmeladen, Croissants, eine Fleischpastete, Sardellen, Oliven und Kaffee. Die Kombination scheint auf den ersten Blick ungewohnt. Alsbald langen die Beiden jedoch tüchtig zu.

Die Reise geht weiter. Die meiste Strecke führt sie am Meer entlang. Genüsslich nimmt Elena den Salzgeruch wahr. Dieser hat für sie schon von Kind her pure Freiheit beinhaltet. Irgendwo halten sie, ziehen die Strümpfe aus und gehen ein paar Schritte durchs Wasser, fühlen den Sand unter den Zehen und sammeln ein paar Muscheln.

Am frühen Nachmittag kommen sie an. Cetinje. Montenegro, da sind wir.

***

Alice hatte Glück. Im selben Haus wurde eine Wohnung frei. Diese war sogar möbliert und bezugsbereit. Sie befand sich eine Etage tiefer und war etwas grösser als jene ihrer Eltern. Annemarie und Wolfgang bekamen das Schlafzimmer, Alice selber übernachtete im Wohnzimmer, in welchem auch gegessen, gespielt und die Hausaufgaben gemacht wurden.

Es war keine einfache Zeit. Für Annemarie war alles fremd in Basel. Sie vermisste Wien. Alice empfand die Stadt als ein Provinznest.

Wolfgang ärgerte sich darüber. Er liebte seine Stadt, kannte keine andere, war zufrieden mit seinem Leben. Vor allem mit seinem Leben bei seinen Grosseltern. Für ihn waren diese seit vielen Jahren seine Eltern. Oft fand er eine Ausrede, weshalb er nach oben gehen müsse. Oft übernachtete er auch bei ihnen. In seinem Bett, in seinem Zimmer, wie er immer wieder betonte.

Alice fand Arbeit bei einer Versicherung. Sie hatte zuvor Angst, wieder als Näherin arbeiten zu müssen und war nun überglücklich, einfache Büroarbeiten erledigen zu können. Nach Feierabend absolvierte sie Kurse. Erst einen Schreibmaschinen- dann einen Stenographiekurs. Es machte ihr Spass, die vielen Schreibkürzel zu lernen. Bald wurden ihr spannendere Aufgaben zugewiesen, welche Alice als äusserst befriedigend empfand.

Die Geschwister gewöhnten sich aneinander. Wolfgang hörte voller Spannung Annemaries Erzählungen zu. Was hatte seine Schwester alles erlebt! Ab und an mussten beide kichern. Dann, wenn Annemarie einen in Wolfgangs Ohren besonders drolligen Ausdruck brauchte. Einer davon war „du elender Haderlumpe". So betitelte das Mädchen einmal einen Jungen, der sie beim Weiher im nahe gelegenen Park anspritzte.

Annemarie erzählte auch über den Vater. Vor allem über das Geschehen der letzten Wochen. In Wolfgang erklomm Wut. Wie konnte sein Vater seiner Mutter all dies antun? Und er dachte an eine Passage in einem russischen Hörspiel, welches er mit seiner Schwester gehört hatte: „Du warst ein grosser Schuft, Väterchen." Wie wahr.

Elena

Die historische Hauptstadt von Montenegro, Cetinje, am Fusse des Lovćen-Massivs ist anmutig anzuschauen. Elena und Christian checken in einem reizvollen Hotel in der Nähe der Biljarda ein. Elena liest aus ihrem Reiseführer vor: „Die ehemalige Residenz des Dichterfürsten Petar Njegoš beherbergt neben Büchern aus seiner Bibliothek und eigenen Schriften den Billardtisch, nach dem das Gebäude benannt ist: Auf Eselsrücken wurde dieser Anfang des 19. Jahrhunderts die steinige Strasse von Kotor hinaufgebracht." Eine amüsante Geschichte, finden sie. Amüsant aber auch ganz schön hart für die armen Esel.

Elena will sofort zum königlichen Palast. Will sehen, wo ihre Urgrossmutter, Katharina, und ihr Grossvater, Nikolaus, einen Teil ihres Lebens verbracht haben aber auch, wo Elena von

Montenegro aufgewachsen ist. Das Gebäude ist schlicht gehalten, jedoch strahlt es mit seinen roten Mauern, den weissen Fenstern und den Erkern viel Charme aus. Der dicht bewaldete grosse Schlosspark dahinter ist jedoch gewaltig. Der blaue Palast, welchen Fürst Danilo, Nikola von Montenegros Vorgänger, in Auftrag gegeben hat, schimmert wunderschön hinter den Bäumen hervor.

Elena sieht vor ihrem inneren Auge, wie die Kinder hier herumgetobt haben. Ja, hier hat es ihrem Grossvater bestimmt gefallen.

Ganz kurz stellt sich Elena vor, hier selbst zu wohnen.

Elena und Christian wollen das Innere des Schlosses besichtigen. Sie erfahren, dass es sich nun um ein Museum handle. Sie bezahlen die Eintrittskarten und tauchen in das Leben der

Königsfamilie von Montenegro ein. Betrachten Gemälde des Monarchen, seiner Frau und seiner Kinder. In der Ausstellung finden sich auch Briefe, Geschirr und Möbel aus jener Zeit.

Elena bleibt vor einer Fotografie stehen. Darauf zu sehen ist ein Staatsempfang: Nikola und Milena, einige Kinder, Bedienstete. Unter ihnen eine Frau in weisser Schürze und einer weissen Haube, welche dem Besuch kleine Naschereien reicht. Elena schaut genauer hin. Das Gesicht dieser Frau löst in ihr eine Erinnerung aus. Noch ist diese verschwommen.

Nun betrachtet Elena den König. Sie verfolgt dessen Blick. Irrt sie sich? Es scheint, als würde Nikola von Montenegro nicht seinen Besuch anschauen. Es scheint, als ruhe sein Blick auf dieser Frau mit weisser Schürze und weisser Haube. Begierig und besitzergreifend.

Lange bleibt Elena vor dem Bild stehen. Die vorerst verschwommene Erinnerung erhält klare Umrisse. Jetzt weiss sie es. Die Frau mit der weissen Schürze und der weissen Haube ähnelt ihrer Urgrossmutter, ähnelt Katharina. Im Arbeitszimmer ihres Grossvaters, in welchem Elena vor einigen Tagen geschlafen hat, ist ein Bild von ihr gehangen.

Elena erschauert. Hat sie endlich den Beweis gefunden? Den Beweis, dass Katharina Nikitas Köchin und dessen Maitresse gewesen war? Resultiert daraus, dass ihr Grossvater – und somit auch sie – königlicher Abstammung sind?

Elena ruft Christian, zeigt ihm das Bild. Aufgeregt legt sie ihm ihre Thesen vor. Christian runzelt die Stirn. Schaut sich das Bild an. Könnte an Elenas' Gedanken etwas dran sein?

Nur 30 Meter neben dem Schlossmuseum steht die alte Vlaška-Kirche. Sie wurde im 15. Jahrhundert gebaut. Christian und Elena bleiben staunend vor ihr stehen. Sie wirkt zu klein für eine Kirche. Man würde in ihr eher eine Kapelle vermuten. Rings herum finden sich Umrandungen verschiedener Gräber. Die erhöhte achteckige Kuppel mit den durchsichtigen Glasfenstern verleiht ihr Grazie und Würde. Ebenso das Gemäuer, mit Steinen in verschiedensten Grautönen gebaut.

Ehrfürchtig betreten sie die Kirche. Sie müssen nicht lange suchen, bis sie es finden. Nikitas Grab. Stilistisch eher unpassend in weissem Marmor mit goldenen Verzierungen und Lettern. Elena verspürt eine seltsame Unruhe. Sie forscht tief in ihr Innerstes. Welche Empfindung drängt da nach oben? Ist es Verbundenheit?

Nun tut eine kleine Wanderung gut. Elena und Christian spazieren gemütlich zum Kloster des Heiligen Petar. Selten hat Elena etwas so Schönes gesehen. Auf vier Ebenen gebaut, schmiegt sich das schmale, weiss-graue Gebäude in die Felsen, flankiert von unzähligen Bäumen. Sanft holt sie Christian aus ihrer Versunkenheit heraus. Hand in Hand machen sie sich auf den Rückweg zum Hotel.

Sie schlendern durch die Gassen, bestaunen die Auslagen in den vielen kleinen Geschäften. Elena huscht schnell in einen Töpferladen. Wunderschöne Keramik überall. Sie entscheidet sich für zwei Espressotassen mit dunkelblauer Glasur und freut sich diebisch über ihren Kauf.

Elena und Christoph setzen sich auf die grosszügige Hotelterrasse und bestellen eine Karaffe einheimischen Weissweins. Genüsslich nehmen sie den ersten Schluck des kühlen

Getränkes. Die Pasticada, ein Schmorbraten aus Rind, ist eine Wucht. In Montenegro wird oft auf Gemüse und Salat verzichtet. Deshalb entschliessen sich die Beiden, sich zur Nachspeise mit Pistazien garnierte Honigmelonen zu gönnen. Süss und saftig sind sie, einfach köstlich.

Sie kommen auf den Grund ihrer Reise zu sprechen. Elena erklärt einmal mehr, wie sehr sie sich besonders mit Elena von Montenegro verbunden fühle. Da müsse einfach eine Verwandtschaft bestehen. Und sie frage sich, ob sie vielleicht mit dem Thronanwärter, Nikola II, Kontakt aufnehmen solle. Dieser sei der Urenkel von König Nikita. Vielleicht würde ja eine DNA-Probe Gewissheit bringen.

Christian lächelt sie an. Mit diesem Lächeln, welches er aufsetzt, wenn ihm Elena mal wieder eine ihrer Spinnereien offenbart.

„Ja klar, wir reisen rasch nach Paris, fragen, wo er sich denn gerade aufhalte, klingeln dann bei ihm und bitten ganz höflich um ein Haarbüschel."

So ähnlich hat es sich Elena vorgestellt. Es ärgert sie, dass sie nicht ernstgenommen wird und sie schlägt vor, ins Zimmer zu gehen. Dieses ist besonders schön. Mit Sichtbalken und gelben Stoffen ausgekleidet. Elena stellt sich unter die Regendusche und vergisst ihren Ärger.

In dieser Nacht träumt Elena wieder ihren Traum. Sie fliegt hoch über dem Lovćen, betrachtet aus der Vogelperspektive das Kloster und den Königspalast. Sie landet vor einem golden schimmernden Thron. Sie besteigt ihn im berühmten, weissen Sisi-Kleid mit den angenähten Rosen. Eine Gestalt nähert sich ihr, anmutig und stolz. Eine zweite kommt hinzu. Hellblaue Augen. Ein Lächeln, welches nicht nur in den Augen hängen bleibt, sondern den ganzen Menschen lächeln lässt.

Zum Frühstück gibt es Brot, etwas Käse und Kaffee. Elena bittet Christian, mit ihr abzureisen. Sie braucht keine weiteren Städte, keine weiteren Sehenswürdigkeiten mehr sehen. Es gibt keinen Grund mehr, weiter in Montenegro zu bleiben. Dies ist ihr beim Erwachen plötzlich klar geworden. Sie weiss nun, wo Elena von Montenegro mit ihrer Familie gelebt hat. Sie hat einen Einblick in die Aura dieses schönen Landes erhaschen können. Was will sie also noch hier? Ihre Wohnung in Wien wartet.

Elena möchte aber Abschied nehmen, möchte noch einmal zum Anwesen der Von Montenegros.

Elena setzt sich auf die Stufen des Palastes. Lehnt sich an die Mauer und blickt über den Platz,

verliert sich im satten Grün der Bäume und lässt
sich fallen.

Sie fliegt über den Palast. Ganz leicht
schaukelt sie im Wind. Eine Gestalt nähert sich
ihr, anmutig und stolz. Eine zweite kommt hinzu.
Hellblaue Augen. Ein Lächeln, welches nicht nur
in den Augen hängen bleibt, sondern den ganzen
Menschen lächeln lässt. Damit nicht genug, Elena
sieht eine Frau mit weisser Schürze und mit hoch
erhobenem Kopf, darauf eine weisse Haube. Die
vier Frauen schweben aufeinander zu, lächeln
sich an und werden eins.

Elena schreckt auf. Sie versucht, den Traum
abzuschütteln. Lässt es schnell bleiben, vertieft
sich erneut in das Geträumte. Sie sieht Elena von
Montenegro, Alice und Katharina vor sich. Spürt
die tiefe Verbundenheit zu den drei Frauen.
Frauen so stark, so menschlich. Frauen, ihrer Zeit

voraus, welche meisterten, was ihnen das Leben abforderte. Die Gefühle für sie sind tief.

Was braucht es da noch genetische Beweise? Ihre Familiengeschichte macht aus ihr das, was sie ist. Ob mit, ob ohne Thron. Ihre Geschichte macht sie zur Principessa di Montenegro.

Christian steht vor ihr. Er streckt die Hand aus und hilft ihr auf die Beine.

„Was ist los?"

Elena erzählt ihm ihren letzten Traum. Erzählt von ihrem Entschluss, weitere Nachforschungen sein zu lassen. Ungläubig starrt er sie an.

„Oh nein, ich bin nicht aus der Schweiz erst nach Wien und dann mit dir nach Montenegro gefahren, damit du mir nun sagst, das sei's gewesen! Im Übrigen entspricht dir dein Entscheid in keiner Weise. Komm, wir fahren zurück nach Wien. Geniessen gemeinsam noch für ein paar Tage Wien, so wie du es geplant hast. Und im

Herbst fahren wir nach Paris und finden heraus, was uns Nikola II zu sagen hat."

Elena lächelt ihn an. Mit ihrem Lächeln, welches nicht nur in den Augen hängen bleibt, sondern den ganzen Menschen lächeln lässt.

Vielleicht war das eine oder andere so.

Vielleicht war aber auch alles ganz anders.

Wer weiss das schon.